JOURS NOCTURNES

MYRIAM ANISSIMOV

JOURS NOCTURNES

roman

ÉDITIONS DU SEUIL
25, bd Romain-Rolland, Paris XIVᵉ

נאכטיקע טעג

ISBN 978-2-02-114228-0

www.seuil.com

Pour Dinah Frydman

« Je crois à l'amour et à la roue de la fortune. Et je crois en l'écriture, parce que l'écriture a pouvoir sur le destin et le temps. Ce que tu fais, désires, aimes, ce que tu dis – tout passe. Passent les femmes et les amours. Passent les angoisses, le temps recouvre de poussière les traces de tes actes. Mais les écrits restent. Je te dis que je suis écrivain, dit il d'une voix enchantée, comme s'il se félicitait d'avoir enfin découvert quelque chose. »

SÁNDOR MÁRAI,
La Conversion de Bolzano

I

1

Rien de prémédité. J'avais acheté le livre par hasard chez la libraire de la rue Rambuteau, où l'on trouve à peu près tout. Oui, il est vrai, je l'avais déjà lu, mais je voulais le relire et je me suis rendu compte aussitôt que je ne l'avais pas bien lu. C'était le *Journal de voyage* de Schopenhauer. Cette fois-ci, plus le récit était tragique et vertigineux, plus je le trouvais drôle. Et surtout, à ma grande surprise, alors que j'avais déjà commencé à relire la préface du *Journal de voyage* de Schopenhauer, je l'avais subitement abandonnée pour me jeter sur *Oui* de Thomas Bernhard, un roman glacial. Une invitation au suicide. Au début du livre, Bernhard racontait qu'il montait dans la « pièce aux livres » pour aller chercher *Le Monde comme volonté et comme représentation* du même Schopenhauer ! Ça alors ! Je mis le *Journal de voyage* dans mon sac, et l'emmenai partout avec moi.

2

J'avais toujours voulu vivre à Paris. Tout enfant, je savais que j'irais à Paris et que j'y vivrais. Je ne savais quand ni comment, mais je savais que j'irais à Paris. Dans les années de mon adolescence, je haïssais Lyon, où l'on m'avait claqué la porte au nez parce qu'on « ne recevait pas les Israélites ». J'avais quitté cette ville hostile, obscure, et, désorientée, je parcourais en tous sens et sans fin les rues de Paris, les couloirs du métro qui suaient l'humidité.

Cela se passait peu après les événements du mois de mai 1968. On goudronnait les chaussées éventrées, on plantait des arbres pour remplacer ceux qui avaient été abattus pendant les émeutes et utilisés avec les pavés, ainsi que le mobilier urbain, pour édifier des barricades. Un peu partout, sur les Grands Boulevards, les câbles électriques se balançaient encore dans le vide. Les éboueurs, avec d'énormes camions broyeurs, évacuaient les milliers de tonnes d'ordures qui s'étaient accumulées jusqu'au premier étage des immeubles. Je me souviens de l'odeur écœurante qui planait sur la ville, car il commençait à faire chaud. Tandis qu'on dératisait, de gros rats quittaient les monceaux d'ordures en décomposition, s'engouffraient en sifflant dans les bouches d'égout. On trouvait à nouveau de l'essence, les voitures circulaient en zigzag entre les profondes fondrières sur les avenues en cours de réfection.

Un peu partout stationnaient les cars bleus de la police et des CRS. Sur les murs, les affiches réalisées par les étudiants de l'École des beaux-arts étaient encore visibles, lacérées. Je me souviens de la tête casquée du policier brandissant sa matraque. Et des slogans tagués sur les murs : « Sous les pavés, la plage. Il est interdit d'interdire. Faites l'amour, pas la guerre. Cours camarade, le vieux monde est derrière toi. L'imagination au pouvoir. À toi l'angoisse, à moi la rage », et cætera.

Le pouvoir rétablissait progressivement l'ordre. Mais quelque chose avait changé. Tout ou presque était permis. Une certaine légèreté, des relations plus franches, plus directes, plus brutales aussi. Enfin, la facilité de l'amour et des rencontres. Pour ma part, après le tourbillon des jours de mai, je vivais alors dans une grande solitude.

Elle me paraît aujourd'hui anormale quand je croise des foules dans les rues du Marais, mais, somme toute, elle est moins terrible que celle dans laquelle j'ai vécu quelques décennies plus tôt, lorsque j'habitais un studio mansardé au sommet d'un immeuble qui se trouve à l'entrée du tunnel du boulevard Gouvion-Saint-Cyr. Je ne connais rien de plus sinistre, de plus désespérant que le boulevard Gouvion-Saint-Cyr et, en particulier, l'immeuble de béton où je pensais souvent mettre fin à mes jours en sautant depuis mon étroit balcon directement dans le tunnel.

Par moments, je me disais qu'en sortant de chez moi tout irait mieux et je sortais donc sans savoir où j'allais, et si je rentrerais le soir dans l'immeuble de béton, ou si j'y retournerais jamais. Et de fait, j'attendais le jour où je n'y reviendrais jamais. Mais le temps passait et, chaque jour, je longeais le tunnel en sortant de la bouche de métro avec l'espoir de ne plus jamais reparaître boulevard Gouvion-Saint-Cyr. Précisément, terrifiée à l'idée de retrouver le boulevard Gouvion-Saint-Cyr, il m'arriva de prendre vers minuit une chambre à l'Hôtel California, rue des Écoles, et de la quitter, en douce, avant le départ du gardien de nuit, assoupi derrière le comptoir.

Un matin, j'étais partie en espérant sortir d'un isolement et d'un désespoir trop longs. Dans l'après-midi, alors que je lisais *Le Monde* dans le grand café désert qui se trouvait alors à l'angle de la rue Dauphine et du quai des Grands-Augustins, j'entendis à la radio – la radio était toujours allumée dans ce café pour meubler le vide – une voix nasillarde, sourde, ténébreuse et envoûtante chanter une mélopée en français avec un fort accent américain C'était un poème d'Emmanuel d'Astier de La Vigerie. « Les Allemands étaient chez moi / On m'a dit résigne-toi / Mais je n'ai pas pu / Et j'ai repris mon arme… » C'était fait pour moi. Cette voix triste surgissant des ténèbres de la Deuxième Guerre mondiale. Je voulais en savoir plus.

J'avais bien fait de quitter ce jour-là le studio, après avoir pris un bain. Je me réveillais souvent tout habillée, comme j'étais tombée sur le lit la veille, et je fixais le lino gris, la baie sans rideaux, prenant jour sur l'étroit balcon de béton, qui me suggérait de me balancer direct dans le tunnel. Mais bien sûr, c'étaient des mots et, bien sûr, je ne le faisais pas. Je me couchais donc le plus souvent tout habillée sur un mauvais lit coincé au fond de l'alcôve. Si je sortais, quelque chose pourrait advenir. Plus c'était impensable, et plus je l'espérais. J'attendais n'importe quoi de nouveau.

Quand j'étais de retour, après plusieurs jours d'absence pendant lesquels j'avais erré, en sortant du métro je voyais les tailleuses de pipe de la porte de Villiers et leurs clients qui ouvraient la portière de leur voiture pour les faire monter. Ils allaient se garer à quelques mètres de là, dans une rue tranquille. En quittant la voiture, elles crachaient dans le caniveau, puis se désaltéraient au Royal Villiers. Elles disaient comme ça qu'elles se rinçaient la bouche.

En sortant de chez moi, après avoir longé le tunnel, j'arrivais à la porte de Champerret et espérais l'aventure en descendant les marches de la bouche de métro. Quand je parle d'aventure, je veux dire que je voulais surtout rencontrer un homme. Ça arrivait. Ce n'était pas une rencontre, mais une désolation. Parfois, le plus souvent, je n'avais plus d'argent. Je me demandais si je ne serais pas capable de faire une passe pour faire face. Une fois, une voiture s'arrêta à ma hauteur sur le boulevard. Je jetai un coup d'œil rapide au gros lard binoclard et chauve, je pris mes jambes à mon cou, ouvris précipitamment la porte de l'immeuble, me jetai dans l'ascenseur, montai jusqu'au huitième étage et entrai en courant dans le studio vide. Je me ruai sous la douche comme si le sperme du gros lard, qui m'avait accompagnée jusqu'à la porte de l'immeuble en roulant au ralenti, m'avait souillée. Je remis au lendemain toute décision concernant ma faillite certaine.

Je ne mangeais presque rien. Un rouleau de printemps tout au plus, que j'achetais chez le chinois, au bas de la rue de la Montagne-Sainte-Geneviève. J'aurais pu en engloutir trois ou quatre, mais je n'avais pas l'argent et me demandais comment en gagner. Je me voyais bien voleuse, mais mes talents se limitaient aux savons, exclusivement de la marque d'Orsay, que je chipais dans une pharmacie de Saint-Germain-des-Prés jusqu'à ce que la patronne de l'officine me fît comprendre qu'elle m'avait démasquée et que je devais aller exercer mes talents ailleurs. Généreux de sa part. Aujourd'hui encore, je m'incline devant son indulgence ; elle m'a évité la honte.

Une fois, plus affamée que de coutume, je pris un café à la terrasse de La Rhumerie. Une amie rencontrée dans un groupe de recherches théâtrales, comme il y en avait tant, me conseilla d'aller m'asseoir dans ce café après 19 heures, où, avait-elle dit, les gogos dragueurs étaient nombreux. Il suffisait de se laisser inviter à dîner, puis de s'éclipser juste après le dessert en prétextant d'aller aux toilettes, sans pitié aucune pour celui qui vous avait sauvée de la famine. Ça se passa exactement comme elle avait dit. Un grand niais se présenta et je lui indiquai un chinois tout proche dont l'établissement possédait deux entrées sur deux rues parallèles, ce qui facilita ma fuite. Tandis que je courais vers le métro, j'entendis vaguement crier « Salope ! Connasse ! ».

Dans le métro, un jour d'août, j'avais rencontré un grand Américain aux allures de cow-boy. C'est ce qu'il était d'ailleurs puisqu'il travaillait pour le cinéma. Vivant ordinairement à Los Angeles, il jouait les utilités à cheval dans les westerns. C'est lui qu'on voyait d'un film à l'autre poursuivre les méchants Indiens en faisant claquer son fouet et en jouant des éperons. Il avait une chambre dans un petit hôtel de la rue Bréa, à Montparnasse. Je l'y suivis tandis qu'il me racontait précisément qu'il était un cow-boy de cinéma. Il se jeta sur le lit avec son jean et ses santiags pour se rouler un joint. La télévision était allumée. Il fumait son joint, assez inerte sur le lit en regardant les astronautes américains en train de se poser sur la lune et faire leurs premiers pas sur l'astre nocturne. Il en était ému jusqu'aux larmes. Il cria « Hourra ! ». Surtout quand il vit le drapeau américain planté sur la lune. C'étaient ses compatriotes que tout l'univers regardait et admirait. Nous fûmes chastes. Au matin, nous montâmes dans un taxi avec une importante quantité de ses chemises de soie à manches bouffantes, toutes sur cintre et protégées par une housse. Il me demanda sans autre précision si je pouvais les lui garder quelque temps. Il me ferait signe. Je n'avais aucune raison de refuser l'hospitalité à ses chemises dans ma penderie à moitié vide. Souvent, je jetais un coup d'œil aux chemises multicolores et me demandais si je n'avais pas rêvé.

3

Après des aventures aussi navrantes, il me prenait l'envie de fuir. Rester chez moi était une chose tout aussi impossible que de ne pas rester chez moi. Je n'étais chez moi nulle part, alors je montais dans un train.

Je prenais un taxi jusqu'à la gare de Lyon avec mon sac contenant un peu de linge et mes affaires de toilette. Je m'engouffrais dans le hall de la gare de Lyon et achetais, sur le coup de 20 heures, un billet pour un train de nuit. Première classe dans un omnibus. Je me retrouvais la plupart du temps seule dans un wagon. Le quai de la gare de Lyon défilait sous ma fenêtre, puis les maisons grises qui bordent les voies, avec leurs lumières jaunes entre deux pans de rideaux où se meuvent l'espace d'un instant des silhouettes. Puis la ligne d'horizon montait et descendait, les fils électriques étaient aspirés dans le néant.

Je sombrais dans la nuit comme dans l'océan. Le train filait vers le sud. Je n'étais déjà plus certaine de vouloir y aller. Au cœur de la nuit surgissaient furtivement quelques lumières lointaines. Martèlement des roues, aiguillages, arrêts interminables dans des gares obscures, où personne ne montait. Voix nasillarde sortant d'un haut-parleur. Une ombre se faufilait dans le couloir pour gagner la sortie. Je la suivais jusqu'à ce qu'elle eût disparu sur le quai. Elle avait quelque part où aller. J'espérais le moment magique d'un passage vers un autre monde dont je n'avais pas la moindre idée. Bientôt le jour poindrait et l'illusion délicieuse se déchirerait. Je ne savais combien de fois encore je prendrais ce train. Mais il y aurait une dernière fois. Et lors de cette dernière fois, saurais-je que ce serait la dernière fois ? Ce n'était qu'un voyage d'une nuit, alors que j'espérais passer d'un continent à l'autre, traverser les océans.

Le train, dans une ultime secousse, s'arrêtait à 5 heures du matin à la gare de Villefranche-sur-Saône. Devant la laide petite gare, il n'y avait, à cette heure, aucun taxi.

J'allais au taxiphone et réveillais ma mère, comme toujours enragée contre moi, qui voyageais en première classe aux frais de la princesse. « Poule de luxe ! » Je n'avais qu'à attendre que les taxis se mettent au travail. En aucun cas, elle ne sortirait de son lit pour venir me chercher. Elle ne m'avait pas invitée, je ne l'avais pas avertie. Elle claquait le combiné et je restais assise sur un banc de bois dans la laide petite gare à guetter dans l'aube bleue l'apparition du premier taxi. Je trouvais ma petite Maman devant son bol de café et ses tartines. J'espérais un accueil *gemütlich*. Alors, quoi ! Je voulais toujours faire l'artiste ! Je n'avais pas de profession ! C'était trop facile de vouloir faire l'artiste « sur le dos de sa mère » ! Ça ne marcherait jamais. J'étais *trop vieille* à présent. Voilà la vérité !

Ma mère étendait sa haine du mensonge à toute la famille. J'avais toujours été sommée de dire toute la vérité, rien que la vérité. Devant elle, j'étais toute nue. Si bien que, lorsque c'était absolument nécessaire, le mensonge est utile, j'étais prise d'une incapacité qui me faisait rougir. Elle m'avait persuadée que le fait de ne pas mentir était une vertu et elle m'avait gâché la vie. Ma petite Maman m'a privée du minimum de défense face à l'hostilité, la brutalité du monde. Elle m'a rendue bête. Elle m'a mise en état d'infériorité vis-à-vis de tous ceux qui mentent élégamment, naturellement.

Avec ses grandes certitudes, elle m'avait enseigné l'histoire récente de l'Europe orientale, récitant la *doxa* stalinienne, qu'elle lisait religieusement dans les journaux qu'un militant apportait le dimanche matin à la maison. *L'Humanité*, *France-URSS*, *Femmes françaises*, *Les Lettres françaises*. Je buvais ça comme du petit-lait. Ma petite Maman a vraiment charrié. Cette harpie stalinienne ne supportait aucune contradiction. Arthur Koestler était un agent stipendié de la CIA. Kravtchenko un menteur, un bandit, un social-traître, un plumitif valet des puissances impérialistes.

Ayant tout entendu, je courais me jeter sur un bon lit, ayant pris soin d'ôter la courtepointe en dentelle. Je dormais comme une enfant, sans le désir d'un homme. Je dormais comme un bébé dans son berceau, attendant les caresses de Maman qui ne venait pas. Deux jours plus tard, je reprenais mon sac et retournais à la gare. J'avais copieusement mangé la bonne cuisine de ma petite Maman, consternée par ma maigreur, ma tristesse, ma solitude.

Je couchais avec des hommes sans amour. J'espérais une étincelle jaillie de nos corps jeunes et souples. J'avais vingt-deux ans et j'attendais l'amour. J'étais une jeune fille solitaire, déambulant la nuit dans les rues de Paris et pensant qu'un jour un homme m'aimerait. Il est affreux de n'être pas aimé quand on aime. Mais je n'aimais pas. Je rêvais d'aimer. Je voulais aimer comme Mathilde de La Mole aima Julien Sorel. Comme Catherine Earnshaw aima Heathcliff. Comme Anna Karénine aima Vronsky.

Dans le désordre des draps, je voulais échapper au gouffre du temps qui se déploie et se referme comme un éventail.

4

J'avais rencontré Arturo. Je lui trouvais le front haut, la pâleur, la grâce d'Amedeo Clemente Modigliani.

Il m'emmena voir Paris la nuit, qui était sa passion. Nous parcourions jusqu'à l'aube les rues obscures. Il me montra l'immeuble de la rue Lauriston où Bonny et Lafont torturaient leurs victimes pendant l'Occupation. Il bredouilla quelques mots en mauvais allemand. Nous allâmes rue du Docteur-Blanche. Le bon docteur qui avait pris chez lui Maupassant, miné par la syphilis, marchant à quatre pattes et se souillant de ses excréments. Dans la même rue, Arturo me montra la maison construite par Mallet-Stevens. Il marchait à grandes enjambées, portant des chaussures marron à épaisses semelles de crêpe et un éternel pull-over trop court. Bonny et Lafont, Maurice Sachs, dont je lus l'extraordinaire autobiographie *Le Sabbat*, le docteur Petiot. J'ignorais tout, jusqu'au nom du docteur Petiot. Arturo me raconta dans le détail comment il attirait les Juifs chez lui en leur faisant croire qu'ils allaient quitter la France pour un havre plus sûr, comment il les dépouillait, les tuait en les regardant agoniser par un judas, comment il les démembrait et les brûlait dans un fourneau ou les jetait dans une fosse, qu'il avait remplie de chaux vive. Arturo me parla de Joseph Joanovici qui le fascinait également parce qu'il avait sauvé sa peau de Juif en frayant avec la Gestapo, et qu'il était persuadé qu'il avait habité dans le même immeuble que lui. Il interrompait parfois ses commentaires par de subits fous rires. Nous déambulions du côté de la Muette et du boulevard Flandrin. Le boulevard Flandrin où, une nuit de mon extrême jeunesse, j'avais voulu mourir.

Vers minuit, nous montions dans un taxi et nous faisions conduire rue du Faubourg-Montmartre. Nous dînions dans une brasserie. Il ne se résolvait pas à me quitter mais, finalement, nous nous séparions à l'aube sur le trottoir du boulevard Gouvion-Saint-Cyr. Il rentrait chez lui, au bord de la Seine, en taxi.

Je ne pourrai jamais gagner ma vie en travaillant, disait-il. J'en suis incapable. J'étais, comme lui, incapable de gagner ma vie en travaillant. Il ne s'endormait qu'à l'aube et passait une partie de la nuit à faire de méchantes farces au téléphone en contrefaisant sa voix. Après avoir effrayé sa victime, il raccrochait en ricanant. Il riait nerveusement comme si le fou rire était le prélude à une crise d'épilepsie. De ses beaux yeux sombres et veloutés coulaient des larmes sur ses joues.

Il dormait jusque vers midi. Les hautes fenêtres de sa chambre donnaient sur les rives de la Seine. Une double porte l'isolait du reste de l'appartement, luxueux, vaste, obscur et labyrinthique. Je sonnais souvent en fin d'après-midi. Une domestique en tablier blanc venait ouvrir. Je me précipitais dans la cuisine, ouvrais le frigo et avalais tout ce que j'y trouvais, affamée éternelle que j'étais.

Arturo collectionnait tous types d'archives et de papiers. Les annuaires, surtout les annuaires. Il lisait attentivement des piles de journaux pour découper ce qui lui paraissait important de conserver. Il lui arrivait de fixer des rendez-vous auxquels il ne se rendait pas et m'envoyait à sa place en me priant de lui dire combien de temps sa victime, qu'il m'avait soigneusement décrite, avait attendu. Il laissait indéfiniment sonner le téléphone dans l'immense appartement, sachant le plus souvent qui l'appelait puisqu'il l'avait prié de le faire, et se réjouissait à l'idée de l'autre au bout de la ligne, pestant et se désespérant de lui parler.

Une fois, à court d'argent, moi aussi je l'étais, nous sonnâmes chez une de ses amies qui habitait une sorte d'atelier d'artiste sur les Grands Boulevards, non loin du théâtre Marie-Bell. Il lui raconta une histoire à dormir debout et nous repartîmes bientôt. Il froissa dans ses mains quelques billets, que nous allâmes dépenser dans un restaurant tout proche. Je le suivais comme une somnambule. Et de fait, je l'étais. Mais tout en le suivant jour après jour, je découvrais que je ne saurais jamais rien de lui. Tout était lacunaire, disloqué, fragmenté.

Bien des années plus tard, alors que je l'avais oubliée, son amie des Grands Boulevards m'appela pour tirer au clair une affaire très ancienne qui la tracassait. Jamais nous ne nous étions parlé depuis le jour où j'étais montée pour un court moment chez elle, en compagnie d'Arturo. Elle entra très vite dans le vif du sujet : était-ce bien moi qui étais venue chez elle en compagnie d'Arturo, sur les Grands Boulevards ? Était-ce bien moi qui avais connu une aventure fugace et brûlante avec un acteur parisien qui était venu se produire à Villeurbanne sur la scène du théâtre de béton qui sentait l'eau de Javel ? Dans un petit restaurant proche de la place Saint-Sulpice, nous fûmes d'accord qu'à deux reprises, et à mon insu, j'étais entrée par effraction dans sa vie.

On l'a compris, j'étais prête à tout, pourvu qu'il arrivât quelque chose. Et justement, une autre fois, ce fut un Polonais que j'avais rencontré dans le groupe théâtral où j'avais fini par échouer – « artiste sur le dos de sa mère ». On commençait par une séance de yoga pendant laquelle je m'ennuyais à mourir en position du lotus, comme les autres. Théâtre expérimental au Centre culturel américain. Je hurlais et gesticulais comme les autres. Le spectacle fut monté. Comme j'étais légère, je fus désignée pour me pendre par les pieds à un espalier contre un mec quasiment nu et velu, qui ressemblait à un Christ en croix. Et je crois bien que c'est cela que voulait celui qui se disait metteur en scène. Que je me pende contre le Christ pratiquement nu en déclamant des obscénités. Je mourais « orgastiquement », si l'on peut dire, contre mon partenaire velu, barbu et supposé cadavérique, tandis qu'une voix off braillait : « J'ai rencontré Jésus-Christ ! Saute-moi ! Oh ! Mon Fils ! » On entendait alors le Canon de Johann Pachelbel à fond la caisse. Et une voix de haute-contre susurrer : « Et je jouis ! »

J'étais assez fière de moi. C'était le clou du spectacle, bien qu'en réalité ça n'eût pas grand sens. Le Polonais était très blond avec une peau fine et rose. Il m'avait invitée chez lui pour me faire voir deux petits chats nouveaux-nés. Witold. Il s'appelait Witold. Nous racontions des histoires dont chacun se moquait, et nous nous morfondions au lit que c'en était désespérant. La seule chose importante dans cette histoire était que son père était polonais et haïssait les Juifs. C'est pourquoi Witold aimait par-dessus tout coucher avec des Juives pour scandaliser son bouffeur de Juifs de père, auquel il le racontait. On s'ennuyait ensemble, je l'ai dit. Je nous revois dans un café de Montparnasse, chacun noyé dans son malheur, un dimanche d'été où il faisait terriblement chaud. Nous n'avions pas d'argent et rien à nous dire. Nous vidâmes nos porte-monnaie pour payer notre café.

Lui succéda Federico, un Espagnol aux yeux verts, beau, triste et assez alcoolique. Son père avait combattu, avec le grade de général, dans l'armée républicaine pendant la guerre civile. Pourtant ce n'étaient pas les fascistes de Franco qui avaient voulu le tuer, mais les agents secrets soviétiques qui liquidaient implacablement, y compris ceux qui s'étaient réfugiés en France, les membres des Brigades internationales, telle la Brigade Naftali Botwin, par exemple. Le père de Federico était mort jeune. Il avait passé ses dernières années terré dans un petit appartement du côté de la porte de Sèvres. Federico vivait avec sa mère, une femme silencieuse, qui savait cuisiner les pâtes aux calamars comme personne. Il m'avait promis de ne plus boire, car l'odeur de vin sur ses lèvres me donnait la nausée. Mais un jour, je sentis à nouveau ces relents de gros rouge sur toute sa personne et malgré ses dénégations, ses promesses, je ne le crus pas et ne le vis plus. *Hasta luego*.

By the way, il y eut aussi, de façon intermittente et aléatoire, un patron de presse israélien, ami d'Arafat, gauchiste, qui m'annonçait son arrivée par télégramme. J'allais l'attendre à Orly, d'où nous montions dans un taxi à destination du Grand Hôtel Taranne, sur le boulevard Saint-Germain, à deux pas de la brasserie Lipp et en face du Café de Flore. Œil bleu, teint clair, mèche vaporeuse balayant un front juvénile, plutôt distingué, bien mis, il portait beau. Il y avait dans sa façon de faire l'amour la traduction la plus exacte possible de l'expression hébraïque moderne : *Tchik-tchak*. Elle rend inutile toute tentative de traduction.

Une fois, il eut la mauvaise surprise de découvrir qu'on avait substitué à sa valise un bagage parfaitement identique. Dès qu'il eut averti sa compagnie aérienne, on regretta l'incident et fit porter dans un délai record sa valise à l'hôtel. Il affirma que, dans cette « malheureuse méprise », il n'y avait rien d'innocent ni de fortuit. En sa compagnie, je pris le lendemain pour la première fois l'avion – une Caravelle ! – à destination de Genève, où il avait un rendez-vous secret avec des émissaires d'Arafat chez une journaliste russe dans la maison de laquelle transitaient tous les clandestins désireux de faire la paix. J'aimais le nom de la rue où habitait cette femme généreuse et drôle, toujours fauchée, qui ne se couchait qu'à l'aube et m'adopta comme un chat abandonné : rue des Longs-Prés.

Je rentrai seule à Paris, dépositaire des entretiens, avec la mission de les négocier à une radio. Ce à quoi j'échouai lamentablement. Peu importe ! Ça aussi, c'était l'aventure.

Le soir, je rentrais dans mon studio, où il n'y avait aucun meuble, excepté le lit. Je ne crois pas qu'il y eût même une chaise. Sur le balcon, j'avais abandonné une antique gazinière que ma mère m'avait donnée avant de déménager dans la nouvelle maison qu'elle s'était fait construire. J'y viendrai. Et cette gazinière m'avait suivie lorsque, du jour au lendemain, j'avais quitté Lyon, la ville de mon enfance et des engelures, où je désespérais et me mourais. Les portes étaient en ces jours de ma jeunesse toutes closes devant moi, et je me disais que si je prenais le train pour Paris quelque chose de nouveau, d'inconnu, allait nécessairement arriver. Je prenais la route. C'était la mode. Jack Kerouac avait pris la route. Allen Ginsberg avait pris la route. Bob Dylan vagabondait sur les routes des États-Unis d'Amérique. L'époque le voulait et je pris la route en abandonnant tout derrière moi. Je quittai Lyon sans le sou, avec ma valise pour viatique. Minouminovitch, mon chat, je l'avais confié à la serveuse d'un café de Villeurbanne où j'avais eu mes habitudes parce qu'en face il y avait le Théâtre de la Cité. Palais des mille et une nuits qui puait l'eau de Javel, et dont les sièges en bois claquaient quand on se levait. Mon seul remords était d'avoir pour ainsi dire confié mon chat à l'Assistance publique. Or je l'aimais bien pourtant, mais comment partir à Paris avec son chat sans toit pour se loger ?

5

Finalement, les choses prirent d'une certaine façon tournure lorsque je rencontrai le *Vieux Salaud* qui sautait toutes les petites qu'il approchait. Alors pourquoi pas moi ? m'étais-je dit. Il m'avait auditionnée et choisie, moi seule parmi cent autres qui rêvaient de monter sur scène. Encore une fois où j'avais montré que je ne me gênais pas pour être « artiste sur le dos de sa mère ». J'adorais ses cheveux poivre et sel, toujours en bataille, le manteau qu'il avait rapporté du Tibet, son jean crasseux, ses Rangers qui faisaient un bruit épouvantable quand il débarquait dans la chambre que je louais avenue Trudaine depuis que j'avais quitté sans payer mon dernier loyer du boulevard Gouvion-Saint-Cyr. J'étais donc toujours aussi mal lotie au septième étage sans ascenseur dans une chambre de bonne, avec les toilettes au fond du couloir. Je vivais dans cette pièce blanche et désolante, avec une fenêtre qui donnait sur un mur gris tout proche. La penderie se trouvait bizarrement derrière le lit et je devais me hisser sur une chaise pour attraper mes vêtements. Face au lit, une étroite cabine de douche et une plaque électrique pour réchauffer le café. Une table, une chaise, des murs blancs et mon cœur vide aussi. Pas de téléphone. J'étais coupée du monde, en plein ciel, au-dessus d'une cour obscure. Je descendais à tout moment acheter des jetons à la poste toute proche et passais des heures dans une cabine en bois à glisser des jetons dans le taxiphone pour appeler le Vieux Salaud qui occupait mon esprit jour et nuit. Il m'avait promis la gloire ou presque, et je voulais simplement savoir s'il viendrait me chercher vers 19 heures dans ce nouveau bistrot où j'avais pris mes habitudes en haut de la rue de la Montagne-Sainte-Geneviève. Non loin de là, rue Laplace, il m'emmenait dîner dans un restaurant vietnamien. Outre qu'il n'était pas cher, j'avais horriblement faim et j'aimais la cuisine vietnamienne, y compris dans ce restaurant crasseux où j'entendais les souris courir sur le faux plafond. Nous levions la tête de temps à autre quand elles passaient au-dessus de notre table, tandis que nous avalions un *phở* ou un *sukiyaki* pour deux. Le Vieux Salaud veillait à ce que je mange à satiété pour pouvoir enregistrer le disque qu'il m'avait promis. « Ta vie va changer », se plaisait-il à dire et répéter. Il tentait sa chance avec moi, l'inconnue. Mais je n'avais absolument aucune idée de ce que pouvait au juste être cette chance. J'allais souvent le retrouver à son bureau, rue Jenner. Je descendais au métro Nationale, où la société Philips avait ses studios. Souvent, pressée de le voir, pressée de croire à mon avenir, j'arrivais trop tôt. Je trouvais la porte de son bureau fermée, tandis qu'il sautait une jeune artiste en mal de carrière. Je rejoignais les secrétaires qui rigolaient et me disaient : « Patience, ma poulette, ton tour viendra. » Je doute qu'il sût vraiment quoi faire de moi, alors il m'emmenait avec lui dans sa jolie voiture bleue pour se garer devant les studios d'enregistrement. Je les ai tous vus. Surtout les studios du boulevard Davout, où des musiciens de jazz se roulaient des joints et buvaient du whisky toute la nuit. Plus ils buvaient, plus ils fumaient et meilleurs ils étaient.

Quand il ne m'emmenait pas avec lui passer la nuit dans un studio d'enregistrement, j'ignorais où se trouvait le Vieux Salaud. Je comptais les heures à l'attendre dans ma chambre désolante de l'avenue Trudaine. Mais à 5 heures du matin, en général, le Vieux Salaud arrivait. J'avais entendu son pas lourd dans le long couloir, puis la clef tourner dans la serrure. Tout mon corps le voulait, l'aspirait pour ainsi dire. Il jouissait en moi en criant des mots en russe. Pourquoi en russe ? C'était exotique, je ne lui ai jamais demandé. Je reprenais haleine comme un naufragé échoué sur une plage.

Vers 9 heures, nous nous levions et allions prendre le petit déjeuner dans un bistrot en haut de l'avenue Junot. Une des plus belles au monde. Arrivée en haut de l'avenue Junot, c'était comme si j'avais fait un long voyage depuis l'avenue Trudaine, qui n'était pas si loin. J'aurais voulu qu'il m'adoptât comme un chien à la SPA. Je refusais de retourner dans ma niche.

J'avais remarqué de larges cicatrices sur son sexe qu'il avait récoltées en Indochine quand il se battait dans l'armée française contre les Viêt-cong. Les soldats, disait-il, se faisaient cisailler la verge parce que les jeunes filles vietnamiennes qu'ils violaient se mettaient des lames de rasoir dans le vagin. Quand il me laissait sans nouvelles pendant quelques jours, je courais à la gare de Lyon, sautais dans un train pour ne plus l'attendre. Je n'étais bien nulle part. Une fois dans le train, je regrettais déjà d'être partie. À mon retour, je trouvais de mauvais poèmes sur mon oreiller. Je me repentais de n'avoir pas été plus constante. Une fois, nous allâmes dans les bois et il me prit sur l'herbe. J'avais seulement ôté une jambe de mon pantalon et je me suis relevée entièrement dévorée par des insectes. Je contemplais avec stupeur des centaines de plaques rouges atrocement douloureuses. C'était ça, l'aventure. Il hésitait avec moi. Qu'allait-il faire de moi ? Allait-il tenter de me lancer pour se lancer aussi, ou m'abandonner à mon sort ? Je ne voyais pas les choses ainsi. Je ne voyais rien du tout. Faisait-il le coup à toutes celles qui voulaient chanter ? « J'ai tout de suite senti que vous aviez du talent. Que c'était vous et pas une autre, le talent ça saute aux yeux en un instant », et cætera.

Ce n'était pas nouveau, cette idée que j'avais de coucher avec le premier venu. Non pas que j'espérais quelque révélation une fois que je me retrouvais au lit, brûlante et enlacée. Tandis qu'on me faisait l'amour, je guettais mes sensations avec une curiosité renouvelée. C'était encore et encore l'aventure qui m'avait entraînée dans le lit du Vieux Salaud. Je n'éprouvais pas de plaisir, mais beaucoup d'excitation.

Autrefois, j'avais pensé qu'un chagrin d'amour méritait de se soustraire à la vie. J'avais un jour calfeutré avec des linges humides les portes de l'appartement où je vivais, justement en haut de l'avenue Junot, et ouvert le gaz. Pourquoi le gaz ? J'entendais siffler le gaz en croyant mourir. L'odeur n'était pas agréable. Il me sembla défaillir. La concierge finit par localiser l'origine de la mauvaise odeur qui empuantissait l'escalier. Elle appela les pompiers qui forcèrent la porte. J'étais en piteux état mais bien vivante. Les pompiers m'emmenèrent à l'hôpital, quelque part le long du périphérique au nord de Paris. Ils me pelotèrent un peu pendant le voyage. J'eus beaucoup de mal à sortir des cellules de dégrisement où l'on me fourra pendant vingt-quatre heures, après m'avoir filé quelques coups. Le médecin examina les hématomes que m'avaient infligés ses infirmiers, s'excusa, me pria d'oublier tout ça et appela un taxi. J'étais à nouveau dehors, errante, sans savoir que faire de ma liberté recouvrée.

6

Le Vieux Salaud m'avait emmenée à l'Olympia, le temple du show-biz et m'avait présentée au patron, au régisseur. « Comment ça va, COCO ? », disaient-ils en se donnant des grandes tapes dans le dos. « Ah ! C'est ta nouvelle trouvaille », disaient-ils en m'examinant. « On va arranger les bidons, t'inquiète pas ; on en parle, on se fait une bouffe… »

J'étais arrivée un après-midi rue Caumartin après avoir appris que l'homme qui chantait « Les Allemands étaient chez moi… », que j'avais entendu dans le café qui se trouvait alors à l'angle de la rue Dauphine et du quai des Grands-Augustins, arrivait d'Amérique pour se produire le soir même. Dans la salle, il n'y avait plus aucune place disponible. Le régisseur me pria de me faire toute petite dans les coulisses en attendant le début du spectacle, qu'il m'autorisa à suivre depuis la découverte. Je m'assis en lotus sur une table branlante, tandis que les machinistes, les électriciens vérifiaient chaque détail. La salle était comble jusqu'au poulailler. Silence religieux quand l'homme frêle et brun, au visage en lame de couteau, au teint mat et aux yeux très noirs, entra en scène. Il psalmodiait plutôt qu'il ne chantait des poèmes sombres et mystérieux d'inspiration biblique et beatnik. Quatre choristes l'accompagnaient avec un petit orchestre. J'entendis ce que j'attendais : le poème « La complainte du partisan » d'Emmanuel d'Astier de La Vigerie :

Les Allemands étaient chez moi
On m'a dit résigne-toi
Mais je n'ai pas pu
Et j'ai repris mon arme.

Personne ne m'a demandé
D'où je viens et où je vais
Vous qui le savez
Effacez mon passage.

J'ai changé cent fois de nom
J'ai perdu femme et enfants
Mais j'ai tant d'amis
Et j'ai la France entière.

Un vieil homme dans un grenier
Pour la nuit nous a cachés
Les Allemands l'ont pris
Il est mort sans surprise.

Hier encore nous étions trois
Il ne reste plus que moi
Et je tourne en rond
Dans la prison des frontières.

Le vent souffle sur les tombes
La liberté reviendra
On nous oubliera
Nous rentrerons dans l'ombre.

Sa voix ténébreuse se tut. Le rideau tomba et s'ouvrit des dizaines de fois, sans que le public se décidât à se lever. Le poète saluait en silence. Quand le rideau se ferma pour la dernière fois, il traversa la scène vers les coulisses, et me trouva sur son chemin, assise sur la table bancale qu'on m'avait assignée, sur la découverte. Il s'approcha, murmura : « *Oh, you, little jewish girl, come with me.* » Il me prit par la main et nous sortîmes entre une haie de policiers jusqu'à une limousine qui attendait devant la sortie des artistes. Le chauffeur démarra aussitôt. L'homme mince et mystérieux me tenait enlacée contre lui sans rien dire. Je tremblais et j'avais faim. La voiture s'arrêta devant un palace de l'avenue George-V, le Prince de Galles. Au troisième étage, la suite était vaste, lumineuse et lambrissée. Des divans, des fauteuils, des tapis, des doubles rideaux de soie. Tout l'étage était occupé par son staff : musiciens, choristes, agent, avocats, producteur, secrétaire.

L'homme frêle et brun portait une simple chemise ouverte sur la poitrine, un jean et, à ses pieds nus, d'élégants petits mocassins. Il me demanda ce que je souhaitais sur l'instant, quel vœu avais-je qu'il pourrait satisfaire. Et je répondis sans hésiter : manger.

C'était la réponse qu'il attendait le moins. Il décrocha le téléphone – *room service* – et passa commande : tout ce qu'il était possible d'apporter. Une desserte poussée par un garçon en veston blanc et nœud papillon fut introduite dans le salon. Tout ce qu'il découvrit en soulevant le couvercle était pour moi. Je commençai aussitôt à tout manger, moi la fluette, l'anorexique, je dévorai les saucisses, la viande froide, l'omelette, les pommes sautées, les crudités, le fromage, les sorbets. Et c'est ainsi que je m'endormis sur une bergère et passai ma première nuit au Prince de Galles. Au matin, le salon était désert, le poète dormait dans sa chambre. Je sortis sans bruit et rentrai brièvement chez moi pour me baigner et me changer. Une heure plus tard, j'étais de retour dans le monde où il suffisait de désirer pour être satisfait. Je frappai à la porte du salon, personne ne répondit, j'entrai. Quelques personnes dormaient sur les tapis. Je reconnus une forte odeur de haschich et remarquai de gros sacs en plastique bourrés de marijuana à même le sol. Soudain, la porte de la chambre s'ouvrit et le poète parut suivi d'une fille radieuse, courte sur patte, belle et brune, dorée comme un petit pain. Elle ne portait qu'un t-shirt et un petit slip blanc. Oui, belles cuisses, longs cheveux noirs, yeux brillants, air d'un contentement bouddhique. Elle s'appelait Madeleine. Elle salua un grand garçon blond, joufflu, presque albinos. Il parlait l'anglais sans accent. Roland, c'était son nom. Il m'expliqua à voix basse que Madeleine était sa compagne et celle du poète quand il venait à Paris. Madeleine et Roland vivaient en nomades dans la capitale. Pour l'heure, c'était un deux pièces obscur à l'entresol d'un immeuble bourgeois, avenue de La Bourdonnais. Le poète voulait méditer et se reposer. Il nous congédia.

Nous quittâmes le Prince de Galles et déambulâmes dans Paris interminablement, jusqu'à l'avenue de La Bourdonnais. Au rez-de-chaussée, il y avait un hôtel modeste. Hôtel Malar ? La porte s'ouvrit sur des pièces basses, figées dans un désordre très ancien. Le lit défait était jonché de vêtements. Et c'est là, entre eux deux, que je me couchai. Rien de semblable ne m'était jamais arrivé. Mon cœur battait. J'attendais quelque chose d'inouï. Madeleine m'étreignit autant que lui. Je m'extasiais du spectacle de leurs corps. Elle était belle, douce, libre. Ses seins de satin. Quelques heures plus tard, au réveil, je découvris mieux la désolation qui régnait dans cette chambre, dans la cuisine, le couloir.

Je les suivis partout où ils me proposèrent d'aller. Je n'étais plus seule. Je désirais que tout advînt par hasard. Nous retournâmes au Prince de Galles. Le poète recevait la presse, la radio. On nous prit tous deux en photo. Je l'ai perdue à jamais.

Madeleine était belle et stupide. Roland vivait du profit de ses charmes partout où on les réclamait. Elle se savait désirable et s'en vantait. Elle racontait d'une voix placide qu'elle accompagnait des hommes politiques dans des boîtes à partouze. Elle donnait l'adresse. Elle citait leurs noms, dans quelle position et comment on l'avait prise et fait jouir. Comment eux avaient joui. « C'était magnifique, j'avais trois hommes pour moi, et chacun faisait quelque chose de merveilleux. Je jouissais tellement que je me suis mise à hurler et Roland est arrivé en courant parce qu'il croyait qu'on me faisait du mal. Mais non, on me faisait du bien. » Roland laissait dire, empochait des enveloppes, en prenant des poses.

Dès qu'il me toucha, mon corps se pétrifia sous le poids de sa chair rose et lisse. Il était habile et connaissait toutes les ficelles du métier. Inerte, je regardais le plafond en me demandant ce que je faisais là, sous son corps lourd, gênée par son souffle, ses râles.

Le poète m'avait demandé où j'habitais. Je lui avais répondu que je vivais dans une chambre lamentable et que je cherchais mieux, sans savoir comment. Oh, dit-il, c'était d'une simplicité enfantine. *So easy !* Il allait arranger ça. Un seul coup de fil à son amie Hella qui, comme lui, vivait la moitié de l'année à Hydra, accomplit le miracle. Elle consentit à me louer sur-le-champ son appartement pour six mois. Je pris un taxi avec deux valises et mon sac de voyage sans donner le congé de l'avenue Trudaine, d'où je disparus, comme j'en avais l'habitude, sans payer le mois en cours. J'avais tiré la porte en y enfermant les jours affreux que j'y avais passés.

7

64, rue René-Boulanger, tout près de la République, c'était tout autre chose. L'appartement de Hella se trouvait au dernier étage. En plein ciel. Dès que j'en eus franchi le seuil, il me sembla devenir une autre personne. C'était vaste, labyrinthique, assez bas de plafond, poussiéreux mais pourtant lumineux, et merveilleusement désordonné. L'atelier de l'artiste longeait sur toute la façade de l'immeuble une large terrasse. Il y avait des toiles partout entassées le long des murs, à même le sol. Une cuisine antique et crasseuse. Inutile d'évoquer la salle de bains qui n'en avait que le nom. Me souvenant que ce n'était que pour six mois, je décidai de n'y plus penser.

Les étages inférieurs étaient occupés par des ateliers de confection et de tricotage. Dans les immeubles donnant sur la cour aussi on fabriquait des fringues. J'avais grandi au milieu des machines à coudre, des tables de coupe et de presse. J'étais dans mon élément, en quelque sorte heureuse.

Ce fut couché dans le lit de Hella, l'artiste peintre, que Roland, veule, voyou et parlant son anglais impeccable, vint me rejoindre après avoir longuement sonné et tambouriné à la porte sur le coup de 5 heures du matin. J'avais fait longtemps la morte, mais, lassée par son vacarme, j'étais allée lui ouvrir. Il déploya devant moi un magnifique drap de bain qu'il avait volé tout à l'heure, me dit-il, à l'Hôtel Terminus de la gare de l'Est, au retour d'une visite éclair à sa famille. Il se glissa sous les draps, je vis son petit sexe rose et dodu, les poils blonds de son pubis. En me quittant, il laissa le drap de bain.

Tard dans la matinée, son père m'appela de Metz où il exploitait une boutique de mode. Avec un fort accent yiddish qui me le rendit aussitôt sympathique, il me proposa d'épouser son fils et d'hériter d'une partie substantielle de sa fortune. Il se lamenta que, pour une « traînée », une *kourvè*, une *khountè*, une *zoïnè*, autrement dit une pute, Roland avait abandonné ses brillantes études à l'École normale supérieure de la rue d'Ulm.

C'était la Providence qui m'avait mise sur sa route. Et cætera. L'idée de ne plus avoir faim, d'avoir une maison et des domestiques me tentait, mais coucher chaque soir au côté du corps potelé et rose de Roland et supporter ses numéros de virtuose du sexe me dissuadait d'accepter. Roland ne m'en avait rien dit, mais me jura qu'il n'y voyait aucune objection.

Comment je me retrouvai à nouveau dans la suite du Prince de Galles, avenue George-V, je ne le sais plus. Roland et Madeleine avaient disparu subitement. Quand j'entrai dans le salon, une vingtaine de personnes fumaient du hasch ou se faisaient des lignes de cocaïne, qu'ils aspiraient par les narines. Le poète fourra dans un sac tous ses vêtements, il y en avait peu, et pria sa secrétaire de les jeter, puis d'aller lui en acheter des neufs sur les Champs-Élysées. Il ne s'encombrait pas de bagages. Lui aussi s'installa devant une table basse, sortit de sa poche une enveloppe, en vida le contenu – une poudre blanche – sur une feuille de papier, qu'il divisa en bandes régulières et verticales, à l'aide d'une lame de rasoir. Il lacéra superficiellement la peau de son bras avec la lame et y introduisit un peu de poudre blanche. Il aspira le reste par les narines, tandis qu'un peu de sang perlait sur la balafre qu'il s'était infligée. Je n'avais jamais vu ça.

Plusieurs l'imitèrent, et je vis encore des poitrines striées de rouge, et des lames de rasoir enduire les plaies de poudre blanche. Une odeur de hasch écœurante envahissait la pièce et se dissipait dans le couloir chaque fois que la porte s'ouvrait. De ce spectacle, j'étais le seul spectateur.

Everybody must get stoned.

Tous allèrent dormir dans leurs chambres ; alors je me retrouvai seule avec Lui dans le salon. Il alla s'étendre nu sur son lit, où je le suivis. Je me dévêtis. La cocaïne l'avait plongé dans une sorte de torpeur. « Prends-moi ! » Ces mots ne franchirent pas mes lèvres. Je tenais sa verge dans ma main. La peau de son corps était lisse et ambrée. Ainsi, la nuit passa sur nous, enlacés dans la pénombre. À droite du lit, dans la salle de bains, une lumière était restée allumée et dispensait une faible lueur dans la chambre où nous restâmes sans dormir jusqu'au lever du jour. Nous voguions sur le même navire mais ne faisions pas le même voyage. Je sentais la ville tout autour, à la fois proche et lointaine.

Le poète qui parlait rarement et d'une voix à peine audible voyageait avec son agent, un ex-taulard qui avait tué un homme dans une rixe à Los Angeles. Il y avait aussi son avocat, le régisseur, les choristes et un ami d'enfance, héroïnomane, qui portait le même patronyme que lui et le suivait partout en dilapidant son immense fortune. Dès qu'il m'eut aperçue, il se mit à me poursuivre dans les couloirs de l'hôtel, même jusqu'à la porte de la salle de bains et des toilettes.

Vers 10 heures réapparurent Roland et Madeleine, qui me succéda sur la couche du maître. Vers midi, tout le personnel de l'hôtel était aligné dans le hall attendant le départ imminent du poète et de sa cour. Je me trouvais en compagnie de l'agent quand il régla la note ; son montant me donna le vertige. Avant de monter en voiture, le poète me tendit une page arrachée à son agenda : l'adresse de l'hôtel où il s'installerait dans quelques jours du côté d'Aix-en-Provence pour un concert en plein air.

8

Roland m'avait montré le café où il avait ses habitudes avec le poète et Madeleine. Il était si incolore, si ordinaire qu'on le remarquait à peine sur la petite place, à deux pas de l'École polytechnique. Nous y fîmes une entrée remarquée, car l'héroïnomane, avant de quitter Paris, avait fait porter une brassée de roses à mon nom. Les habitués passaient leur temps à jouer au flipper entre les cours qu'ils dispensaient aux élèves de l'École polytechnique. J'entendis pour la première fois les noms de Guy Debord, Raoul Vaneigem – *Traité de savoir-vivre à l'usage des jeunes générations* – et de Cornelius Castoriadis. *Socialisme ou barbarie*. Les roses amusèrent ces grands esprits et c'est ainsi que je fus intronisée au sein de leur assemblée, toujours en train de discourir, entre deux parties de flipper, sur la marche du monde, Plotin et saint Augustin, Herbert Marcuse, les fluctuations de la monnaie, les programmes de la cinémathèque et la beauté des femmes.

Je pus, pendant quelque temps, déjeuner à la table des uns et des autres, jusqu'au moment où l'on s'aperçut que ça ne menait à rien. J'étais dans une situation délicate et malencontreuse, car les termes de la transaction étaient implicites, sinon explicites, alors que je feignais de les ignorer. Mais la faim au ventre, je n'avais pas d'autre choix que de leur laisser espérer une issue aussi favorable que proche. Et quand tout était clair, les relations devenaient des plus hostiles. Je me faisais alors oublier une semaine. À ceux qui m'offraient de façon intéressée le couvert, j'étais obligée de mentir non par un penchant méchant de ma nature mais poussée par la nécessité la plus urgente.

Au 64, rue René-Boulanger, je crus que ma vie allait changer du seul fait que j'avais quitté pour toujours l'avenue Trudaine. J'imaginais pouvoir m'incruster là, tandis que Hella resterait à Hydra où je lui envoyais scrupuleusement par mandat international le montant du loyer, grâce à ceux de ma petite Maman, furieuse mais charitable. Comme c'était prévisible, peu avant les six mois échus, Hella me fit savoir que je devais au plus vite dégager. Comment était-ce possible ? Ne me résolvant pas à reprendre la route pour nulle part, je fis traîner les choses. Elle m'accorda un délai.

Roland me proposa de partir avec lui pour rejoindre le poète qui allait se produire dans un champ devant au moins dix mille personnes tout près d'Aix-en-Provence. Le poète et son staff s'étaient établis dans une hostellerie possédant un haras. Je trouvai une chambre dans un hôtel délabré au vieux village d'Aiguilles, tout proche. Tout le monde fumait et se scarifiait à la cocaïne comme si l'artiste n'avait pas dû se produire le soir même devant une foule immense qui campait à la belle étoile depuis deux jours déjà. Je ne voulais en aucun cas être vertueuse, mais l'odeur du *kiff* m'écœurait et pour rien au monde je me serais scarifiée pour glisser de la cocaïne dans mes plaies. Arrivé à Aix, Roland planta ses yeux gris dans les miens et ne me parla plus de rien. Il ne me parla plus du tout.

Sur la brume, l'agent vint prévenir l'artiste qu'il était temps de se préparer, son public impatient l'attendait et montrait de la mauvaise humeur. Les spectateurs ayant grillé au soleil depuis longtemps commençaient à lancer des cannettes de bière en direction de la scène vaste, surélevée, inaccessible. Sortant de sa rêverie, le poète me proposa de l'accompagner sur le plateau. Puis, il lui vint l'idée d'arriver sur un cheval blanc, ce qui ferait sans nul doute grande impression. Il ordonna donc à son agent, tatoué et grand buveur de whisky, d'aller chercher des chevaux, dont un blanc, dans le petit haras de l'hôtellerie. Un moment passa avant qu'on entendît le claquement des sabots sur la route. Il me fit monter derrière lui sur sa monture. Je m'agrippai au corps ascétique de l'artiste qui paraissait dormir. Les choristes et les instrumentistes nous suivaient. Une demi-heure plus tard, nous arrivâmes sur le lieu de l'événement et accédâmes à l'arrière de la scène par un plan incliné. Le public, stupéfait et excédé lorsqu'il vit les cavaliers, hurla des insultes. Mais le poète et ses amis ne les entendirent pas parce qu'ils avaient beaucoup fumé, et scarifié leur poitrine. Nous mîmes pied à terre. Les chevaux redescendirent prudemment le plan incliné, l'artiste accorda sa guitare et s'approcha du micro, ignorant les cris des spectateurs pataugeant dans leurs ordures. Je m'assis sur le côté, loin derrière lui, sur l'immense plateau. Il commença à chanter d'une voix pâteuse, un peu fausse et plus basse que sa tessiture, enchaînant les mélodies de ses beaux poèmes, pleins d'antiques rabbins, de paraboles bibliques, de femmes aussi nues que libres, de nuits voluptueuses et d'adieux. Désastreuse prestation dont il n'eut pas conscience. Une heure plus tard, fatigué et insensible aux hurlements, il tourna le dos au micro et s'en alla sans saluer, me faisant au passage signe de le rejoindre. *That was great, gorgious indeed !* Je m'en allai dormir cette nuit-là dans l'hôtel délabré et désert du vieux village d'Aiguilles, tenu par un ancien engagé volontaire en Indochine, ainsi qu'il me le dit. Quelques photos punaisées au mur, des fanions de son régiment témoignaient de ses exploits passés. Au matin, je découvris une large et douloureuse ecchymose au dos de ma cuisse. Le pharmacien m'expliqua qu'une araignée noire m'avait mordue pendant mon sommeil. Vers midi, j'appris qu'à l'hostellerie, tout le monde avait disparu. C'en était fini de la poésie. Je rentrai à Paris.

9

Je ne passais jamais plus de quelques jours sans la présence d'un homme. Ceux qui m'aimèrent et ceux qui ne m'aimèrent pas.

Je crois que tout a commencé un jour d'août par un grand trou noir sous le soleil de midi, au bord d'une plage blanche. La mer roulait de petites vagues aux crêtes d'écume sur le sable qui se gonflait d'eau, puis se laissait vider. Et l'on voyait alors apparaître des petits trous bien ronds d'où sortaient de longs vers de mer qui laissaient derrière eux de minuscules monticules floconneux. J'ai soudain crié : « Il est mort ! » Tout est devenu vide autour de moi et, à trois cents kilomètres de là, il était effectivement mort, incarcéré dans les tôles dans sa voiture, broyé sous le poids du semi-remorque qui l'avait cueilli de front, alors qu'il doublait en troisième position. Dans son tort. J'ai commencé à me noyer. Longtemps, j'ai voulu croire que papa sonnerait à la porte, que je courrais ouvrir et qu'il serait là. J'avais même parfois l'impression qu'il était vraiment là. J'ouvrais la porte blindée toute grande et je contemplais le palier hideux et silencieux, la volée d'escaliers aux marches de pierre inégales. Je rêvais de lui avec un affreux sentiment d'angoisse. La peur avance sur la pointe des pieds. Je le vois. Je cours vers lui, il va me prendre dans ses bras, mais, soudain, je pressens que la fin n'est pas heureuse. Je vois le palier sinistre et venteux de l'affreuse rue Duviard.

10

Quand ma petite Maman acheta une boutique, j'héritai d'un rite immuable. Chaque mardi, elle prenait le TGV près de Macon pour aller acheter au Sentier de quoi faire tourner son affaire. Il était convenu que, sur le coup de 10 heures, je viendrais l'attendre à la gare de Lyon. Je l'épiais parmi le flot mouvant qui inondait le quai. Je craignais de ne pas reconnaître son visage, de la manquer, de la perdre, bien que je fusse capable de la décrire dans le moindre détail. Mais la voir était autre chose. Enfin elle apparaissait, mon cœur cessait de battre follement. Nous nous reconnaissions, j'ai toujours redouté de perdre cette faculté d'identifier les visages. Nous sautions dans un taxi jusqu'au boulevard de Sébastopol et commencions à pied notre course chez les grossistes qui durerait jusqu'à la nuit. Rue d'Aboukir, rue de Cléry, rue du Faubourg-Poissonnière, rue Saint-Fiacre, rue du Nil, rue Saint-Denis, rue des Jeûneurs, rue de Turenne, rue de Saintonge, place du Caire. C'était l'abondance. Des montagnes de pull-overs, de chemisiers, de robes, de pantalons, de manteaux, de tailleurs et autres accessoires.

Sacs, ceintures, foulards, bijoux de pacotille. « Prends tout ce que tu veux », disait-elle. Je choisissais fébrilement en ayant l'illusion d'échapper à l'anarchie de ma vie, de redevenir une sage petite fille à sa petite Maman.

Elle examinait, discutait le prix, sélectionnait par modèles, tailles, couleurs et séries. Puis, les commandes partaient chez le transporteur – on appelait ça un groupage – pour être livrées le lendemain après-midi, chez Marie-Louise, la boutique de ma petite Maman, à Villefranche-sur-Saône. Tout le Sentier était parcouru par des centaines de coursiers indiens et pakistanais qui transbahutaient les colis sur des diables chez les différents transporteurs (principalement Vallier et Vicher Frères, qui desservaient Lyon). On les voyait discuter, la cigarette au bec, devant les boutiques des grossistes en attendant les ordres.

Vers midi, nous allions manger sur un coin de table, au milieu de la cohue, de la cuisine très française dans le bistrot de la place du Caire. Les clients avaient l'accent yiddish ou celui de Casablanca. La serveuse criait en sortant de la cuisine, dont elle poussait la porte avec la pointe de son escarpin : « Chaud devant ! Un hareng pommes à l'huile, un œuf mayo, un roquefort beurre, une entrecôte à point, une saucisse purée, une crème de marrons, deux cafés, un déca ! ».

En sortant du café, on pouvait accéder à deux passages. Passage du Caire, passage Sainte-Foy. Le passage du Caire, spécialisé dans le matériel pour les vitrines, dans une extraordinaire profusion. Cintres, *stoyaks* (tringles à roulettes en yiddish), mannequins, sacs, bolduc, étiquettes, spots, réclames toutes prêtes du genre : « Entrez, un renseignement ne coûte rien, remises exceptionnelles, un cadeau vous attend pour tout achat d'un manteau, le plus beau se trouve à l'intérieur, le bouquet de mariée offert pour tout achat d'une robe ». Maman trouvait les robes précisément, les fleurs artificielles, les escarpins, les voiles, fleurs d'oranger, gants, guêpières, rue du Renard au pied du Centre Pompidou. Place du Caire encore, les établissements Pappo-Paulin spécialisés dans la toile tailleur, les ciseaux de coupe, les rasoirs, les épaulettes, la ouate, le gros-grain, les règles, poids, épingles, pinces pour tenir en place les « matelas » de manteaux prêts à être découpés à la machine électrique. Chez Milgrom, boutons par millions et passementeries. Chez Santino, les pull-overs, les chemisiers. Le patron laissait sa femme diriger cette grosse affaire. Il avait son bureau au premier étage, où il lisait les commentaires du Talmud et la presse yiddish, *Naye Presse*, *Undzer Vort*. Pendant que Maman achetait, il me priait de venir auprès de lui pour s'entretenir avec moi en yiddish. Quels précieux moments j'ai passés en compagnie de cet homme lettré, au-dessus d'un immense entrepôt où s'affairaient des dizaines d'employés sous la houlette de Mme Santino, en train de recevoir les clients avec beaucoup de distinction.

Rue d'Hauteville, la fourrure. Il n'y a aujourd'hui plus de fourreurs rue d'Hauteville, mais il n'y avait que cela. Il n'y a aucun souvenir des Grecs et des Juifs vendeurs d'astrakan, de loutre, de marmotte, breitschwanz, zorrinos, mouton doré, vison, ragondin, loutre de Colombie.

Ces noms exotiques désignaient parfois en jargon de métier de la vulgaire peau de lapin teinte et façonnée.

Ma petite Maman achetait des cols en mouton doré pour ses manteaux chez sa nièce Odette. André, mon petit-cousin, son fils, étudiait le droit. Il venait parfois nous rejoindre au restaurant rue des Petits-Champs. Sa mère lui promettait un brillant avenir, tandis que, mangeant et ne disant rien, il nous examinait avec méfiance. Il savait déjà qu'il ne passerait pas, comme ses parents, son temps à « vendre sans fin la peau de l'ours » rue des Petits-Champs. Longtemps, j'ai écouté poliment la litanie de ses exploits dans les mythiques récits familiaux. Ensuite, je ne le vis plus qu'à la télévision et sur le papier glacé des magazines. On lui demandait son avis sur tout et il avait de fait un avis sur tout, dont on faisait grand cas en haut lieu. Quand des bombes sautaient quelque part dans le monde, les services de renseignement les plus sophistiqués l'appelaient au secours. Il est omniscient. Il est en quelque sorte devenu le Madame Soleil des polices du monde entier, qui en savent moins que lui et boivent les avis qu'il délivre dans le plus grand secret au sortir du jet privé, quand une limousine vient l'attendre sur le tarmac de l'aéroport de Boston, New York ou Los Angeles. Lui-même concède que les officines américaines ont une grande expérience et des spécialistes de première bourre, mais quand même, après coup, son avis compte. Il sait quand et où ça va sauter, il sait qui sont les agents du Mal. Mais les agents du Mal agissent impunément à sa barbe. Toute la famille est fière de lui et ose à peine lui adresser la parole quand la nécessité le contraint à se mêler brièvement à nous, qui croupissons dans l'obscurité et l'ignorance. On devrait lui demander de prédire les évasions de gangsters quasi illettrés qui ont fait leurs classes en banlieue, visionnant mille fois les exploits de Robert de Niro et d'Al Pacino. Oui, je le redis, la famille est fière de lui et se rengorge. Un pareil génie issu du sombre *shtetl* de Szydlowiec-Pologne, où les Juifs crevaient de misère et furent déportés pour être gazés le 26 septembre 1942 à Treblinka en deux convois. La veille, tandis que les SS chassaient les Juifs du ghetto vers les wagons, mes deux petits oncles – Yudele et Ikoutial. J'écris leurs noms afin qu'ils ne soient pas oubliés –, âgés de 15 et 17 ans, tentèrent de s'enfuir en sautant du train. Ils furent abattus d'une rafale de fusil-mitrailleur. Je le dis et le répète chaque fois que l'occasion m'en est donnée. Et je continuerai pour que leur nom soit prononcé encore une fois dans le monde.

André me saluait prudemment aux mariages et aux enterrements. Sa limousine, avec gardes du corps, l'attendait à la porte, et il nous quittait rapidement, redoutant par-dessus tout d'être photographié en compagnie de son hyperbolique parentèle exotique, bien qu'il y eût en son sein quelques éminents professeurs d'université. Quand il ne déjeunait déjà plus depuis longtemps avec nous en compagnie des fourreurs, ma cousine nous racontait que son André avait rendez-vous avec le Premier ministre, qu'il accompagnait en voyage le président, et qu'il prenait avec lui l'avion à Villacoublay. C'était, je le concède, une prodigieuse ascension sociale depuis la Pologne, depuis les rues « mercantiles » du Sentier.

Au restaurant, je scrutais le visage de ma petite Maman et songeais que cela aurait inévitablement une fin. Et la fin est venue. Jamais plus je ne l'accompagnerai le soir à la gare de Lyon, quand elle décidait de ne pas dormir à l'Hôtel de France, qui a aujourd'hui disparu. Les confectionneurs parlant yiddish ou le français avec l'accent de Casablanca aussi.

Au-delà de la rue d'Hauteville commençait la rue de Paradis. Les grossistes en porcelaine et en cristaux. Et vers le milieu de la rue, plusieurs immeubles étaient occupés par les Juifs communistes de l'UJRE. Là où se rendait mon père pour confier ses manuscrits à l'imprimerie de la *Naye Presse*, à la revue *Parizer Tsaïschrift*, ou aux Éditions Ofsnaï. Dans le bruit infernal des rotatives, les livreurs de journaux cavalaient dans les escaliers où il y avait encore des salles de cours de yiddish, un dispensaire, une cantine, un petit théâtre et la chorale qui s'y produisait. Quatre-vingts personnes occupées à tenir à bout de bras une culture exterminée. Le YASQ réunissait les sportifs de toutes catégories. Je me souviens du bureau de la Commission centrale de l'enfance qui se chargeait d'élever les enfants dont les parents avaient été exterminés dans les chambres à gaz. Tout ça, au 14, rue de Paradis. Tout enfant, je vivais dans la terreur que mes parents me confient à la Commission centrale de l'enfance comme une orpheline. On en avait évoqué la menace si je persistais dans l'opiniâtre anorexie. Ce n'était pas sérieux, mais j'y croyais.

Quand Maman restait, je montais dans sa chambre modeste, sombre, à peine confortable qui lui convenait. Rue Saint-Denis, les putes faisaient le tapin entre les boutiques des grossistes. « Tu viens, chéri. » Elles étaient magnifiques. Bottes cloutées, bas à résilles, guêpières, shorts de cuir, seins découverts, tétons pleins de paillettes, maquillage rutilant, perruques laquées et fouet parfois, qui claquait sur la tige des bottes, avec cet avertissement : « Ça va saigner ! Ça va saigner ! » En les croisant, j'attrapais au vol une bribe de phrase. « On se caille que c'est pas croyable et ça se pousse pas au portillon. J'ai pas fait ma journée. » Et juste à ce moment, un petit homme en imperméable, plutôt chauve, binoclard venait sauver la situation. Les deux s'engouffraient dans l'étroit couloir où tremblait une loupiote. On baisait à l'entresol, tandis qu'au premier étage vrombissaient les machines à coudre et les tricoteuses.

Je quittais la gare de Lyon dès que le train s'ébranlait pour pouvoir chialer tout mon saoul. Et je descendais dans le métro balançant au bout de mon bras un sac plein de nouvelles fringues, cadeau de ma petite Maman.

Sur les Grands Boulevards, me dirigeant vers la rue René-Boulanger, je passais devant les cafés. Leurs odeurs de bière, de vin, de frites et d'urine prenaient à la gorge dès qu'on descendait dans le sous-sol vers les chiottes à la turque, où se trouvait aussi le taxiphone à jetons. Je remontais vers la lumière. J'attendais quelque chose de violent et d'inconnu. C'est pour cette raison sans doute que je rencontrais des hommes.

Sur les Grands Boulevards, je pensais à l'amour qui ne venait pas, au désir que j'avais des hommes et au désir tout court, qui prenait possession de moi soudainement. C'est ce désir qui me poussait tard le matin à me lever, me laver, m'habiller, à quitter la rue René-Boulanger pour partir au-devant de l'inconnu. Je moissonnais souvent le vide. J'étais le spectateur navré de ma propre vie. Comme toujours, voyeuse de moi-même et des autres.

11

J'étais encore le voyeur de la vie des autres ce jour de printemps où, trois décennies plus tard, je regardais la mer depuis le balcon de mon hôtel à Tel Aviv. Chaque fois que j'arrivais dans la ville blanche, je pensais que bientôt il me faudrait la quitter. J'espérais qu'une circonstance encore inconnue m'y ferait revenir. De mon passé en ruine, Seigneur, je ne trouve rien dans les agendas. Seulement des adresses, des numéros de téléphone, des rendez-vous où je me suis rendue toute frémissante et dont je ne sais presque plus rien. Je les ai compulsés, puis abandonnés à la poussière. Mes souvenirs sont plus utiles que les agendas.

C'était, je m'en souviens, à l'hôtel Carlton, qui se trouve au bout du front de mer, là où commence une longue promenade, la *Tayelet*, qui conduit à l'ancien port de Tel Aviv, avec son petit phare blanc et rouge, les hangars transformés en boutiques de luxe, les boîtes de nuit et d'innombrables restaurants. La jetée a été recouverte de planches de bois exotique ondulant telles des dunes de sable. Des jeunes gens hâlés portant des Crocs avançaient au milieu d'une nuée d'enfants et de poussettes.

Ce jour-là, mon regard balayait le rivage et le parc qui le longe au début de la promenade, au milieu duquel se trouve un petit cimetière musulman à l'abandon, ceint d'un mur bas, circulaire, avec deux portes diamétralement opposées.

Dans le parc, planté de pins maritimes, j'aperçus soudain une silhouette. Un homme brun, portant une chemise à carreaux, qui se balançait. Était-il possible qu'un Juif vînt prier dans un cimetière musulman abandonné ? Mais non, bien sûr. Mais je vis que l'homme debout qui semblait se balancer se trouvait en fait derrière un autre homme courbé en deux, face au mur, dont je ne distinguais que le dos. Tous deux ne se croyaient vus de personne. Et moi, je les observais, penchés l'un sur l'autre, comme soudés l'un à l'autre. Alors, je compris le sens de la scène qui se déroulait vingt mètres sous mon promontoire. Les choses étaient très avancées, me suis-je dit en guise de commentaire. Je n'avais pas, comme le narrateur de Proust, assisté secrètement à la rencontre des deux protagonistes dans la cour de l'hôtel de Guermantes. Ce n'était pas le fruit d'une coïncidence faisant s'accoupler le baron de Charlus avec le giletier Jupien. Mais aussitôt j'y pensai. Je n'avais pas été le témoin de l'origine. Je ne les avais pas vus manifestant l'un à l'autre l'intention de s'accoupler en ce lieu, où ils pensaient être à l'abri de tout regard. Je ne les avais pas observés tandis qu'ils discutaient des modalités, des conditions, de la réalisation de leur projet. Je n'avais pas assisté aux préparatifs de l'acte, à l'imminence de sa réalisation.

Contrairement à eux, je n'étais vue de personne. C'était simplement arrivé quand mon regard avait balayé la plage, puis le parc, puis enfin le cimetière musulman abandonné. En fait, mon attention avait été alertée par le mouvement quelque peu mécanique et obstiné de l'homme portant la chemise à carreaux derrière quelqu'un dont je n'apercevais que le dos, les mains agrippées au mur et, en partie seulement, les jambes écartées. Comme pour une fouille au corps dans quelque prison. Contrairement au petit Marcel, la scène pour moi ne prenait pas de sens par les paroles, les cris, les gémissements des deux partenaires. Ils étaient trop loin. Je n'entendais pas leurs commentaires censés augmenter leur plaisir, s'ils en échangeaient. Peut-être que les gestes leur étaient seuls suffisants, de même la crainte d'être découverts par un promeneur augmentait le caractère clandestin de leur rencontre. Les secousses brutales que l'homme debout se mit à infliger à celui qui était courbé à angle droit, et offrait ainsi ses fesses à ses assauts, devinrent plus rapides et plus violentes. Puis brusquement, tout prit fin. L'homme debout recula, sortit vivement de sa poche une serviette blanche, essuya son sexe, tandis que l'autre se redressant, saisit à son tour le linge pour se tamponner le cul à plusieurs reprises. Puis il se pencha pour attraper son slip et son pantalon sur ses pieds, se reboutonna, remonta la fermeture Éclair de sa braguette. Soudain, de sa part, le mépris succéda à la soumission des minutes précédentes durant lesquelles je l'avais vu la tête dans les épaules et son corps offert à mon regard. Il sortit une liasse de billets de sa poche, la tendit sans un regard à celui qui l'avait satisfait, puis lui fit signe de dégager. Il y avait une grande arrogance dans sa façon de congédier le prostitué qui, quelques minutes plus tôt, régnait sur son « gros pétard », ainsi que l'écrivit Proust à propos de Charlus, tandis qu'il gardait un équilibre précaire en s'appuyant de ses deux mains sur le mur du petit cimetière musulman. Je vis les deux hommes se séparer et partir chacun dans la direction opposée, si bien qu'une minute plus tard ils se retrouvèrent nez à nez à l'autre entrée du cimetière. Ils se heurtèrent presque, sursautèrent vivement dans un geste de répulsion mutuelle. Le client intima l'ordre à son esclave sexuel de s'éloigner. Il s'accouda à une rambarde et ne le quitta pas des yeux jusqu'à ce qu'il l'eut perdu de vue. Puis il partit dans la direction opposée d'un pas ferme, peut-être retrouver sa femme et sa progéniture.

Le cimetière était à nouveau désert, des voix d'enfants montaient du rivage. J'étais sur le balcon me demandant déjà, alors que je venais d'arriver, mais pour combien de temps ? C'était un moment d'apaisement entre le ciel et la mer. J'aurais pu tout laisser derrière moi et vivre désormais dans cette chambre anonyme avec le seul contenu de mes valises. En état d'apesanteur, ayant largué, en apparence du moins, l'angoisse qui me dévorait et dont je tentais de me délester.

La réalité finissait toujours par avoir le dessus. Je me souvins soudain de l'ombrageux Emmanuel Moskovitch, mon « être de vie », comme a si bien dit Thomas Bernhard à propos d'Hedwig Stavianicek, qui le sauva de la misère, de la maladie et du désespoir. Préparant un concert, le nez dans ses partitions, il m'attendait à Paris, avant de m'y laisser pour partir en Russie.

Depuis le moment où je l'avais rencontré, j'avais senti dans mon cœur une rupture complète avec ma vie passée. Une nouvelle existence, inconnue, avait commencé. C'était ce que j'avais attendu depuis longtemps.

Pendant ses longues absences dans l'Oural, en Lettonie, en Pologne, nous échangions des fax. Je les ai conservés, ainsi que les programmes de concerts, affiches, critiques, photographies. Depuis, l'encre de carbone des fax a tant pâli qu'ils sont presque devenus illisibles. Chaque jour, Moskovitch relatait minutieusement son travail avec l'orchestre. J'étais avide du moindre détail, posais mille questions et métamorphosais ses réponses en images belles, antidotes de la douleur, supposées me consoler de ne pas y être. Enthousiaste après la première répétition, Moskovitch me livrait ses impressions. « Les violons sont tellement bons, qu'en fait ils répondent trop rapidement à mes impulsions. C'est un problème qui devrait se régler en cinq ou six concerts ensemble. »

Dans l'Oural, Moskovitch se sentait surveillé, épié, y compris en dehors des répétitions. Il y avait des blattes sous les tapis. Des moisissures dans la douche. L'eau n'était pas toujours chaude, et le patron de la Philharmonie, qui ignorait tout de la musique, lui demanda un jour ce qu'il écrivait si souvent sur la partition du premier violon. « Ce sont les coups d'archet », lui avait répondu Moskovitch.

« Comment, qu'est-ce que cela veut dire ? Comment avez-vous dit ? Ils n'y sont pas ? Pourquoi n'y sont-ils pas ? Incroyable ! Je vais rappeler à l'ordre le bibliothécaire. Encore une fois, comment dites-vous ? Des coups d'archet, des coups d'archet. Mais à quoi ça sert, des coups d'archet ? »

Quand il arrivait dans une nouvelle salle de concert, Moskovitch frappait dans ses mains pour tester l'acoustique.

De fait, Moskovitch n'était jamais satisfait après coup de ses prestations. Le lendemain, au plus bas, il m'écrivait : « Je crois que j'ai raté mon concert. Le tempo était un peu trop rapide pour l'acoustique plutôt réverbérante, cela me torture. » Jamais je ne l'ai vu satisfait plus que quelques heures de ses concerts. Un trombone avait oublié un bécarre, le second mouvement était un poil trop lent et manquait de tension.

Il m'arrivait parfois de l'accompagner et d'assister incognito, au dernier rang du poulailler, dans l'ombre, aux répétitions. J'attendais que tout le monde fût parti, y compris lui, pour quitter le théâtre en rasant les murs, et le rejoindre à l'hôtel. J'aimais et j'aime encore les chambres d'hôtel. J'aurais pu, comme Nabokov, y passer le plus clair de mon temps.

Je préférais par dessus tout le moment où les musiciens arrivaient sur la scène, accordaient leurs instruments qui produisent un bourdonnement informe. Soudain, après un instant de silence, la répétition ou le concert commençait et le miracle divin de la musique avait à nouveau lieu.

12

J'espérais que les messagers du destin, que je reconnaîtrais aussitôt, viendraient à ma rencontre. J'avais fait mien un vers du « Tambourin Man » de Bob Dylan : « *Let me forget about today until tomorrow.* » Je n'avais nulle place où aller, me disais-je chaque jour. Nulle place que j'aurais voulue ou choisie. Mes pas me conduisaient rue de la Montagne-Sainte-Geneviève où, tout près de la bouche de métro, j'achetais un rouleau de printemps au restaurant vietnamien. Tout à côté, il y avait la librairie russe, profonde, obscure, mystérieuse et déserte. Quand j'arrivais au Polytek, il ne restait plus rien de mon rouleau de printemps.

Un aviateur vint un jour s'asseoir en face de moi. Personne ne m'avait encore rien proposé et je scrutais avidement le contenu de son assiette. Il en commanda une pareille pour moi, que je laissai nette en quelques minutes. « Tu as si faim que ça ? », entendis-je. « Mais pas du tout », lui répondis-je par antiphrase. « Très bien, pendant deux mois, tu auras tous les jours à manger. » Il disait vrai. L'aviateur disparut longtemps, allant piloter des long-courriers de par le monde. Je l'avais presque oublié, profitant de ses largesses, quand il reparut au Polytek. Notre conversation fut brève et sans grâce. Le moment était venu de lui manifester ma gratitude pour les effets de sa bonté. Rien qu'à imaginer ses mains sur mon corps, soulevant ma chemise, sa langue visqueuse fouillant mes lèvres, j'eus envie de vomir. Et sans la moindre gêne, je lui fis comprendre qu'il n'était pas mon genre et que je n'irai pas au lit avec lui. « Ah, dit-il seulement, j'aurais dû m'en douter, tu es bien de ta race. » Je lui lançai que ma race ne consentirait jamais à se trouver au lit au contact de la sienne. En lui disant cela, mon cœur battait. Je ressentais un excès d'émotion lorsqu'on me rappelait mon appartenance à ma race supposée. J'aurais dû lui envoyer mon assiette en travers de la figure. Et comme je ne l'ai pas fait, j'ai réglé mes comptes quelques années plus tard avec un insolent qui me vendait au noir sa marchandise lorsque je gagnais enfin ma vie au marché aux puces de Saint-Ouen. Chaque semaine, nous nous retrouvions dans un petit restaurant ouvrier de la rue Jean-Pierre-Timbaud. Je lui glissais une enveloppe pleine de billets sous la table en règlement des lots qu'il m'avait confiés « à condition ». Avisant un client qu'il n'avait pas livré et qui lui demandait des comptes, soudain arrogant, il se tourna vers moi. « Les Juifs se croient tout permis », lui ai-je entendu dire. « Par conséquent, il sera servi le dernier », ai-je encore entendu. Nous mangions un exécrable canard aux petits pois en boîte. C'est précisément ces petits pois que je lui balançai droit dans la figure. La sauce dégoulinait sur son beau costume en alpaga, sur sa cravate de soie et sa chemise impeccable. Sa stupeur, la honte qu'il ressentit me laissèrent le temps de me lever, de sortir et de courir jusqu'à ma voiture. Dans le rétroviseur, tandis que je passais la première, je le vis se mettre en mouvement, puis renoncer à me poursuivre.

Rue René-Boulanger, je trouvais excitant de vivre dans la maison d'une autre, étrangère et pourtant amicale. J'y étais en quelque sorte moins seule, accompagnée par Hella, l'artiste peintre, que je ne connaissais pas. En attendant mon salut du Vieux Salaud, je passais des auditions, j'apportais mes photos aux studios de la rue des Alouettes, aux Buttes-Chaumont. On sortait du métro Place des fêtes. Les pavés de bois et les caboulots avaient disparu, remplacés par d'affreuses tours de béton. Je rentrais bredouille rue René-Boulanger espérant tout de l'amour. L'amour a toujours été la plus grande affaire de ma vie.

Le hasard gouvernait-il mon existence, ou tout avait-il été déjà décidé depuis ma naissance ? Je fonçais sans savoir où j'allais. J'obéissais à une force obscure, à la violence qui m'habitait et se résolvait dans un lit. De même m'apparaissait le fait de voler des savons de luxe dans une pharmacie, de me lever en pleine nuit et de marcher sans but dans les rues de Paris. Je m'arrêtais parfois sous les fenêtres d'un homme que j'avais aimé et qui m'avait aimée. Tout était à présent noir et silencieux. L'immeuble du Vieux Salaud qui habitait un studio au carrefour Mabillon m'aimantait. Lorsqu'il me convoquait par un pneumatique, il me racontait en toutes circonstances des mensonges, même et surtout sans nécessité aucune. Un jour, il me présenta à une audition pour me produire dans un cabaret de la rue Jacob. Nous étions cent malheureux à attendre notre tour sur le trottoir. Terrorisée, et poussée par le Vieux Salaud, je passai la dernière. On m'engagea parce qu'à ma grande perplexité on me trouva drôle. Il me dit en sortant qu'on irait prendre un taxi étant donné qu'il ne disposait pas ce jour-là de sa voiture, en réparation dans un garage. Or, sa voiture, sa Peugeot bleu clair, était là, devant nos yeux. Je la connaissais, et pour cause, puisqu'il m'était arrivé de m'y glisser en pleine nuit après en avoir ouvert la porte à l'aide d'une lime à ongles. La voiture était là, garée devant nous et il me regardait dans le blanc des yeux, affirmant le contraire. Nous montâmes dans un taxi à l'Odéon. Tandis que nous roulions en direction de la porte Dorée où se trouvaient les studios Davout, je cherchais la solution de l'énigme. J'avais une petite idée. Sa voiture devait rester garée devant L'Échelle de Jacob pour servir de preuve à quelqu'un qui devait la voir précisément à cet endroit.

Que de nuits ai-je passées en compagnie du Vieux Salaud aux studios Davout, aux studios Philips, rue des Dames et rue Jenner, au Studio 10, rue de Washington, chez Line Renaud et Loulou Gasté ! On en sortait vers 5 heures du matin parce que, après l'enregistrement, le Vieux Salaud travaillait avec les ingénieurs du son pour réaliser le mixage et le montage. Quand l'artiste chantait vraiment faux, ce qui était fréquent, le Vieux Salaud réalisait jusqu'à quinze prises sur des grosses bandes multipistes, avec l'habillage, comme il disait, en parlant de l'accompagnement, en *re-recording*. Le technicien découpait la bande sur laquelle il n'y avait que la voix en de multiples petits morceaux, parfois de quelques mesures seulement, et collait ensemble ce qu'il y avait de plus audible sur chaque prise. J'étais fascinée de voir l'ingénieur du son séparer les notes à l'unité près, en faisant avancer et reculer la bande à la main sur le magnétophone. Ainsi, il pouvait monter deux morceaux hétérogènes, y compris au milieu d'un mot. Tout cela sous la férule du Vieux Salaud qui avait tracé des colonnes sur son cahier quadrillé et identifié pour chaque prise les pires et les meilleurs de chaque phrase. Et quand aucune prise ne comportait, par exemple, une seule mesure juste, il balançait un maximum d'écho pour noyer le poisson. Une fois montée, *re-recordée*, et dotée d'effets de réverbération, l'enregistrement donnait au non-professionnel l'illusion de la continuité et de la justesse. Un mauvais enregistrement caractérisé par un artiste médiocre et des chansons idiotes s'appelait un « saucisson ». Pour arrondir ses fins de mois et nourrir ses nombreux enfants semés dans tout Paris, le Vieux Salaud passait ses nuits à fabriquer des saucissons.

En quittant le studio, nous allions prendre un petit déjeuner, le Vieux Salaud et moi. Je me gavais de tout ce que je n'aurai pas les moyens de me payer pour le repas de midi, le rouleau de printemps excepté, englouti tandis que je montais vers l'étroite caverne du Polytek. Parmi les intellectuels brillants qui y refaisaient jour après jour le monde, discutaient des nouveaux livres de philosophie, des films de la semaine, du *Financial Times*, du *Times Litterary Supplement*, ou *TLS*, de la *New York Review of*

Books, du dernier numéro du *New Yorker*, de *Commentary* et de la prochaine réunion de Socialisme ou Barbarie, il y avait Pierre-Marie, dont il sera bientôt question.

Quand Madeleine faisait son entrée au Polytek, toute conversation de haute volée s'interrompait, les beaux esprits n'avaient d'yeux que pour la petite culotte blanche de Madeleine, qui portait d'incroyablement courtes minijupes et se laissait tomber sur la banquette les jambes grandes ouvertes, comme si elle avait porté un jean. L'onde sexuelle qui déferlait dans l'étroite salle du Polytek la laissait indifférente, le sexe c'était du boulot, et c'était Roland qui décidait de tout. Non pas qu'il pensât finir ses jours comme protecteur de Madeleine, il se voyait plutôt comme producteur dans le show-biz. À part ça, il laissait entendre qu'il pouvait éprouver des sentiments et se montrait offensé de ne m'avoir pas fait monter au ciel en dépit de son professionnalisme.

En filant à son bureau, le Vieux Salaud me déposait à présent rue René-Boulanger, et je ne le revoyais que le soir, s'il me le confirmait par un pneumatique vers 13 heures. L'attente dudit pneumatique générait une forme d'addiction. J'espérais la sonnerie du préposé, n'osais sortir de crainte de manquer l'éventuel pneumatique du Vieux Salaud qui pouvait me laisser sans nouvelles pendant deux jours parce qu'il ne pouvait pas se multiplier. Je n'étais pas la seule. Quand je ne l'attendais plus, je me demandais : « Mais qu'est-ce que je vais bien pouvoir faire ? » C'est ainsi qu'une nuit de décembre où il neigeait et où je ne l'avais pas vu depuis plusieurs jours, je décidai d'aller faire un tour du côté de Mabillon. Je pensais à la fenêtre circulaire – un œil-de-bœuf – de son studio, au dernier étage de l'immeuble, qui se trouve à l'angle de la rue du Four. J'enfilai mes bottes, mon manteau noir, le seul que je possédais, et glissai dans ma poche une paire de petits ciseaux à ongles. Je sortis à 1 heure du métro à la station Odéon et commençai à chercher sa jolie petite Peugeot bleue dans les rues du quartier. Je la trouvai sans peine rue du Marché-Saint-Germain. Il faisait grand nuit, beaucoup de neige était tombée et il n'y avait personne. J'ouvris la porte avant avec ma lime à ongles et passai un long moment dans sa voiture à me demander si je lui ferais oui ou non ce coup-là, pour tous les coups qu'il m'avait joués. Vers 5 heures, morte de froid, je sortis, refermai la portière avec la lime à ongles, et m'accroupis devant la roue avant, puis je fis le tour très rapidement en donnant des coups de ciseaux un peu partout. En retournant à Odéon, éprouvais-je du remords ? Je me demandais plutôt comment garder contenance quand il me raconterait toute l'affaire. Cette fois-là, je le crus lorsqu'il m'annonça que sa voiture était au garage parce qu'un salopard avait crevé les quatre pneus de sa voiture. Je le plaignis beaucoup et presque sincèrement. Je compatissais à présent à son malheur.

En rentrant ce soir-là chez moi, car je disais « chez moi » à propos de l'appartement de Hella, tout était silencieux dans le quartier des grossistes spécialistes de la confection et du tricotage. C'était Noël. Rue René-Boulanger, les confectionneurs avaient fermé leurs ateliers. J'étais seule dans l'immeuble. Le frigo était vide. Je pensais à un sandwich acheté sur les Grands Boulevards.

Je n'ai jamais avoué mon forfait au Vieux Salaud qui m'emmena au Mont-Saint-Michel. Il m'avait téléphoné un matin : « Je serai là dans une heure. » Il prit la direction du périphérique, puis de l'autoroute de l'Ouest. Pour faire durer le mystère, je ne lui demandai pas où nous allions. C'était l'hiver, quand nous arrivâmes il faisait déjà nuit. Je vis la mer et, au loin, une haute masse grise. Le Vieux Salaud déplia une couverture, rabattit les sièges. Ainsi nous attendîmes l'aube. Je ne dormis pas. Quand il se réveilla, c'était la marée haute. Il fit de l'ordre, reprit la route sans avoir rien vu et arrêta la voiture devant une station-service pouilleuse, où nous mangeâmes des œufs durs dont le jaune virait au gris. Était-ce cela l'aventure ? Me trouver au côté d'un homme qui aurait pu être mon père (un passant nous croisant du côté du Trocadéro avait murmuré : « Vieux cochon ! »), qui me dominait, dont j'ignorais les raisons et dont je m'étais un peu vengée en crevant les pneus de sa Peugeot bleu ciel ?

Il avait remplacé le grand garçon aux semelles de crêpe qui éclatait d'un rire incoercible pour un oui ou pour un non, hoquetait, se tordait sur sa chaise, le corps secoué de spasmes, puis retombait dans un silence hostile. Une nuit nous étions allés, lui et moi, je l'ai dit, boulevard Flandrin où, au sortir de l'adolescence, en pleine nuit, j'avais voulu mourir. Chagrin d'amour ?

Oui, chagrin d'amour. J'avais rêvé d'un amour violent et tragique. Eh bien, je l'avais eu. Il n'était pas venu par hasard. Tout avait commencé par ma volonté urgente de quitter ma mère d'abord et, ensuite, Lyon. Je m'étais donc mariée avec Laurent, le décorateur du petit théâtre où je passais mon temps, au lieu d'aller finir ma philo au lycée. Je le quittai quatre ans plus tard, sans avoir eu rien à lui reprocher, si ce n'est son puritanisme, que j'avais découvert dans les mois qui avaient suivi notre mariage. J'avais un mari vertueux mais je n'étais pas vertueuse. Je ne pensais qu'au sexe, alors que lui voulait me respecter, même au lit. Je pris en horreur le respect. Je m'ennuyais. Je ne pensais qu'à une chose, prendre la fuite. Ne pas me retourner.

J'eus des aventures éphémères, clandestines, brûlantes, avec des acteurs qui venaient de Paris.

Pour quitter Lyon, je suivis François, rencontré dans un théâtre de la banlieue parisienne, où nous étions venus répéter *Beaucoup de bruit pour rien* de Shakespeare. On m'avait confié le rôle de Héro, mais j'étais incapable de dire mon texte face à des acteurs parisiens et professionnels. J'envisageai d'abandonner mais François partit à l'assaut de ma timidité en me faisant si bien travailler mon texte que j'atteignis en quelques jours un niveau presque convenable. Comme il disait, j'avais déjà les yeux bordés de reconnaissance.

François qui était du genre caressant expéditif n'était pas « mon genre ». Expression que je mets entre guillemets en hommage à Marcel Proust. Mais ses invitations à le suivre là où il voulait que j'aille me fascinaient. J'étais comme un lapin aveuglé en pleine nuit devant les phares d'une voiture.

Les choses furent telles qu'il les promettait. Il mettait en œuvre ses fantasmes sexuels sans restrictions. J'accomplissais docilement ce qu'il me demandait, avec le sentiment délicieux de l'absolue nouveauté. L'excitation était violente comme une vague déferlante, mais, m'étant pliée à tout, l'accomplissement ne venait pas. J'étais la spectatrice de sa sensualité hypertrophiée, de sa jouissance violente. Il était précis et refermé sur son plaisir. Son corps n'était pas beau, il avait les jambes et les bras un peu courts, le front démesuré, le cheveu fin, mais, à cause du sentiment de la transgression, il était devenu pour moi vivant et provocant.

La transgression donc, ou ce que je me figurais l'être, me liait à lui. La litanie de son bréviaire sexuel stupéfiait la débutante que j'étais : « Tu aimes ma queue, petite salope ? Tu jouis, petite salope », et cætera.

Je lui foutais la trouille avec ma fragilité, mes sentiments, mon air de petit chat écrasé. Après avoir échoué à atteindre ce qu'il espérait de moi (la petite salope ne jouissait pas), il conclut une nuit : « Je ne suis pas un type pour toi. Je ne te rendrai pas heureuse. »

Un jour, il était parti seul pour Londres parce qu'il n'avait pas assez d'argent pour payer deux billets et qu'il avait sans doute d'autres projets. Je l'avais niaisement accompagné à Orly. J'étais rentrée rue du Docteur-Blanche, où nous vivions dans une garçonnière que lui avait prêtée un ami qui aimait les artistes et les parties de jambes en l'air. Les murs étaient tendus de peluche rouge cramoisie, les dessus-de-lit aussi, l'évier broyeur était en panne. Il n'y avait pas de meubles, si ce n'est une table, deux chaises et un petit réchaud où nous faisions cuire tous les jours les mêmes spaghettis.

Comme je l'ai dit, pour fuir ma petite Maman, je m'étais mariée. Pour fuir Lyon, j'avais suivi François. Il était parti pour quelques jours, mais j'avais voulu mourir en pleine nuit sur le boulevard Flandrin. La voiture s'était arrêtée à temps et son chauffeur m'avait gentiment demandé en quoi il pouvait m'être utile. Honteuse, j'avais refusé son aide.

En rentrant, cette nuit-là, rue du Docteur-Blanche, j'avais ingurgité quelques dizaines de comprimés de somnifères et attendu. Ce ne fut pas *La Belle au bois dormant*, des douleurs fulgurantes survinrent, et il me semble que j'appelais ma mère dans le silence. La suite est confuse, un grand trou noir. Après son départ, je marchais dans les rues, parmi la foule. Je me disais qu'un jour je me ferais connaître. J'entendais cette certitude dans le fracas du métro, dans le bruit du vent.

Ce qui me semble plus intéressant que le banal chagrin d'amour est le fait que j'appelais ma mère. Cette petite Maman avec qui je m'empoignais depuis toujours et qui écrivait de son écriture régulière et ronde des lettres bien tournées et raisonnables à sa fille déraisonnable. Tout ce que j'entreprenais, disait-elle, ne mènerait nulle part. Le théâtre, la chansonnette, qu'inventerais-je encore ? D'une désillusion à l'autre, le temps viendrait, qui n'était pas loin, où, dans mon propre intérêt, elle me couperait définitivement les vivres. D'une manière ou d'une autre, il arriverait bien quelque chose. Néanmoins, ma petite Maman avait pourvu à l'indispensable en jurant que c'était la dernière fois. « On n'est pas artiste sur le dos de sa mère ! » proclama-t-elle pour la dernière fois. « Moi, je n'ai pas eu de mère », ajouta-t-elle encore. Et c'était vrai. Ma grand-mère est morte de la diphtérie quand sa fille n'avait pas encore un an. Ma petite Maman a toujours voulu être une mère, une très bonne mère, une mère exemplaire. Difficile ! Je ne sais pas si elle pensait vraiment qu'elle ne devait pas m'aider pour mon bien, ou si elle était persuadée que je n'avais aucun talent pour quoi que ce soit, et que j'avais définitivement, en tournant le dos aux projets qu'elle avait conçus pour moi, pris sans espoir de retour la mauvaise direction. La direction opposée à tout ce qu'elle pensait raisonnable de faire dans la vie. Si j'étais la nullité qu'elle disait, mieux valait que j'aille sur-le-champ vendre des robes, des manteaux, des tailleurs dans son magasin, « Marie-Louise ». Marie-Louise pour faire plus français. Ma petite Maman avait tout de suite compris où elle mettait les pieds quand la vieille qui lui avait cédé son fonds de commerce au bord de la faillite lui avait coulé dans l'oreille en lui tapant sur le bras : « Je suis si contente de vous avoir trouvée chère madame. Jamais je n'aurais vendu ma boutique à un Juif, ils sont partout. C'est à cause d'eux que j'ai des problèmes ! » Le seul talent qu'elle me reconnaissait était mon aptitude naturelle à vendre n'importe quoi chaque fois que, par hasard, je mettais les pieds dans son magasin. Mais pour rien au monde je n'aurais accepté de finir mes jours dans sa boutique, où elle avait gagné de quoi vivre jusqu'à la fin de ses jours. C'était précisément pour m'opposer à elle et aux projets qu'elle avait conçus pour moi que j'ai pris la fuite le plus loin possible. Jamais je n'irai croupir, me disais-je, dans cette ville que je détestais avec tout ce qu'il y avait dedans par un pur sentiment d'échec, d'effondrement. Alors, je ne rentrais pas et ne suis jamais rentrée.

Le Vieux Salaud, je l'ai dit, me suivit dans mes déménagements jusqu'à la rue René-Boulanger. Vers 5 heures du matin, j'entendais ses brodequins résonner sur les dernières marches de l'escalier. La clef tournait dans la serrure. La porte tournait sur ses gonds. Une lumière grise, celle de l'aube, montait depuis le balcon. Le plafond était bas, la chambre vaste, au dernier étage, comme un vaisseau dans le ciel. Je le regardais se déshabiller posément. Il était robuste, brun de peau. Beaucoup de poils, les cheveux épais en bataille. Il se glissait entre les draps et je le dévorais. Je tremblais comme une feuille. C'était comme ça. Je le voulais. Je n'y pouvais rien, même si j'avais crevé les pneus de sa voiture bleu ciel. Je voulais qu'il m'anéantisse, et je planais entre ses bras.

Et quand il ne venait pas, quand il ne m'envoyait pas de pneumatiques pour me faire patienter avec n'importe quel bobard, accompagné d'un poème qui ne valait pas grand-chose, je lisais et relisais ses pneumatiques, que je conservais tous sans exception. Je passais des journées au lit en attendant qu'il revienne et, parfois, il revenait.

D'autres fois, j'allais par les rues. Je voulais guérir du Vieux Salaud et je savais que ça avait un prix. Coucher avec le premier venu pour effacer ses traces. Être de glace dans le lit du premier venu, et les premiers venus ne manquaient pas au Polytek. Rien ne me rendait plus malade que de tromper le Vieux Salaud, bien qu'il me trompât lui aussi. Mais ça ne le rendait pas malade, c'était son droit. Je le trompais donc, comme je l'ai dit ça me rendait malade, et c'est précisément pourquoi je le faisais pour guérir de lui, et je ne guérissais pas.

Au Polytek, j'ai mis à profit pour me distraire et par nécessité toutes les occasions de manger gratuitement et de voyager gratuitement, avec le premier grand esprit venu discuter des affaires de ce monde avec ses collègues et, occasionnellement, profiter d'une occasion comme moi.

Quand aucune occurrence de ce genre ne se présentait, je parcourais les rues de Paris, surtout celles du 6e arrondissement. Nul n'a parcouru avec autant d'obstination les rues du 6e arrondissement et le boulevard Saint-Germain dans un sens, puis dans l'autre. Arrivée près du Flore et des Deux Magots, j'entrais successivement dans les deux librairies, l'une jouxtant les Deux Magots, l'autre à quelques mètres du Flore. Je lisais les titres des romans exposés sur les tables, puis je passais aux essais, à la philosophie. J'aurais pu rester des heures, j'y passais souvent des heures ; je me sentais vraiment chez moi. Je redoutais que les vendeurs ne s'adressent à moi et je faisais tout pour qu'ils ne me remarquent pas. Je me voulais invisible et restais là dans la première librairie à respirer l'odeur des livres une bonne partie de l'après-midi. Puis je traversais la rue Saint-Benoît et entrais dans la seconde libraire, toujours bondée, si seule, à me demander comment faire pour faire partie de ce monde-là. L'idée d'être admise devint une obsession. Je lisais quelques pages, je connaissais tous les titres des romans qui paraissaient, me les récitais dans mon for intérieur, espérant quelque manifestation miraculeuse. S'il me restait un peu de monnaie, je m'asseyais sur une banquette du Flore ou des Deux Magots, et je me remémorais les photos des deux cafés que j'avais vues dans des magazines lorsque j'habitais dans la hideuse rue Duviard, Lyon 4e. Et que je ne nourrissais qu'une seule idée, foutre le camp en abandonnant tout au besoin. Et j'avais tout abandonné. Au café, il ne se passait rien. Je vidais ma tasse de café et marchais jusqu'à Maubert, traversant le boulevard Saint-Michel, la rue de Poissy, la rue de Pontoise.

Et tout recommençait lorsque j'arrivais au bas de la rue de la Montagne-Sainte-Geneviève. Arrivant à l'heure du dîner sur le seuil du Polytek, je cherchais du regard mon seul ami, Pierre-Marie. Il habitait rue Laplace, au premier étage, dans une pièce au plafond bas, obscure. Il y avait peut-être une fenêtre, mais, si ce fut le cas, elle donnait sur une cour si noire que je me suis toujours représenté cette chambre, de forme assez irrégulière, sans fenêtre. Je revois un lit, jamais fait, un bureau surchargé de chemises bourrées de feuilles, des dossiers et des livres. Des livres, il y en avait partout, surtout sur le sol. De vieilles tomettes descellées oscillaient sous mes pas. Dans cette chambre, Pierre-Marie avait préparé l'agrégation d'économie et son doctorat d'État. À la porte d'entrée, pendouillaient, sur un gros clou, des pneus de moto BMW. Je le trouvais généralement penché sur sa table, couvrant d'innombrables feuillets de son écriture lisible et parfaite. De ce qu'il écrivait, essentiellement des formules mathématiques, je ne saisissais que des phrases brèves : « Il s'ensuit que », « Il en résulte que », « Ce qui conduit à », « D'où l'on tire », et cætera. Mais aussi des phrases aussi mystérieuses et superbes que : « Cadre général de la modélisation loglinéaire », ou encore : « Incomplétude et intermédiation en macroéconomie financière avec risque collectif et actif réels ». Je l'admirais, il pouvait prouver quelque chose. Jamais rasé, portant toujours le même jean et d'épaisses lunettes de myope, il descendait de son Olympe de perfection des hautes mathématiques pour se mettre à ma portée : La Petite voulait-elle faire un tour à moto ? Aller au cinéma, manger un phở chez le vietnamien de la rue Monge, ou encore acheter une paire de chaussures ? Pour mon édification personnelle, il me parlait de ses lectures, il avait tout lu, des films qu'il fallait voir, des drolatiques propos d'un obscur rabbin du Queens dont il avait relevé le nom dans un journal américain. Il me fit lire *Les Sables de la mer* de John Cowper Powys, *Cité de la nuit* de John Rechy. Patelin, souvent ironique, et parfois atrocement coupant quand on disait une bêtise. Féroce, il plissait ses yeux bleu pâle de myope, souriait. « Ah ! Ah ! Ah ! Sombre conne, elle est bien bonne ! » Je montais sur sa BMW et me cramponnais à son blouson de motard. Je ne lui demandais pas où on allait, il ne me disait pas où il allait. Chez le viêt de la rue Monge, il m'entretenait de Maître Eckart, de saint Augustin, de Herzen, ou encore de Plotin. Par politesse, il orientait ensuite la conversation sur les Juifs, ces gens bizarres qui mangent casher et parlent yiddish. Il m'emmenait voir des films rares au cinéma Olympic, au fin fond d'une rue déserte du

14e arrondissement. C'était une salle de patronage, aux sièges en bois qui claquaient quand on se levait. On avait installé un écran à la place de la scène. Je me souviens d'avoir vu le jeune créateur de ce cinéma guetter les rares spectateurs sur le trottoir et nous avoir annoncé d'un air triomphant, tandis que nous descendions de moto : « Aujourd'hui, nous projetons *Cyclone à la Jamaïque* ! »

Pierre-Marie ne quittait ni son jean flétri, ni son blouson de motard, ni son vieux pull Jacquard pour aller enseigner aux élites des grandes écoles, ou rédiger des remarques à l'attention du directeur de la Banque de France ou de la Caisse des dépôts et consignations. Au milieu de la nuit, il me déposait rue René-Boulanger. Nous passions au ralenti devant le restaurant El Goléa, fermé, en face duquel il y avait une impasse débouchant sur le marché couvert, dont l'entrée principale se trouvait rue du Château-d'Eau. On y parlait encore le yiddish et l'arabe. On y vendait des épices, du couscous, des plats à tagine, de la carpe farcie et du *schmalz herring*. À côté d'El Goléa, l'entrée des artistes du Théâtre de la Porte-Saint-Martin, où les machinistes fumaient pendant l'entracte. Je me souviens que, lorsque la moto de Pierre-Marie ralentissait au tournant, j'entendais gueuler : « Jésus Christ superstar, pourquoi, pour qui donnes-tu ta vie ! »

II

1

La première fois que j'ai refusé de franchir le seuil d'une morgue, un amphithéâtre, comme on dit encore, c'était le jour où l'on m'a proposé de voir pour la dernière fois dans un casier mon père qui s'était tué la veille en voiture, près d'Avignon. On avait remis à la famille son portefeuille, sa montre, sa chevalière et ses vêtements ensanglantés. Les sauveteurs qui l'avaient désincarcéré avaient trouvé sur le siège avant, à côté de lui, une petite valise parce que ma mère lui avait demandé d'apporter une paire de draps de rechange à Cannes où ils louaient un appartement, tout proche de l'hôtel des Dauphins verts, dont j'admirais la façade blanche comme une meringue et la lourde porte bleu des mers du Sud. Au cours des années précédentes, nous avions occupé plusieurs studios et chambres dans le même ensemble. La première fois rue Georges-Clemenceau, puis, l'année suivante, au fond de la palmeraie, un étroit logis, tout aussi sombre et néogothique, rue Jean-Dollfus. Dans l'immédiat après-guerre, les Juifs polonais affectionnaient Cannes et surtout la mer. Un antidote à l'enfer de l'Europe orientale dont ils étaient sortis vivants par miracle. On rencontrait en juillet et août des petits groupes de Juifs parlant yiddish sur la Croisette. Ils achetaient au kiosque, non loin de l'hôtel Negresco, la *Naye Presse* ou *Undzer Vort*, fréquentaient les plages publiques qui sentaient l'Ambre solaire, où l'on ne se gênait pas pour écouter son transistor. Luis Mariano, Tino Rossi, Rudy Hirigoyen, Charles Trenet, Dario Moreno, Yves Montand, Georges Guétary, Édith Piaf, Lucienne Delyle, Marie Dubas, Patachou. « Rossignol de mes amours », « Mon légionnaire », « Padam Padam », « Douce France »…

Vers midi, arrivait le vendeur ambulant portant sa marchandise dans une large boîte suspendue à ses épaules par des courroies de cuir : « Toutes chaudes, les amandes toutes chaudes, chichis, beignets, amandes, chocolats, cacahuètes, bonbons, caramels, chewing-gum ! »

Un après-midi, alors que nous nous promenions justement sur la Croisette, ma petite Maman me causa une vive irritation. Devant nous marchait un travelo aux cheveux décolorés, au bronzage luisant d'Ambre solaire et tortillant du cul dans son jean *skinny*, ultra-moulant, instable sur ses talons hauts. Ma petite Maman se mit soudain à déclamer à voix haute dans son dos, à plusieurs reprises : « Je veux le petit blondinet au blue-jeans ! Je veux le blondinet au blue-jeans ! Je veux le blondinet au blue-jeans ! » Il fit comme s'il ne l'entendait pas mais, moi, je l'entendais !

Dans la valise en carton bouilli de mon père, il n'y avait que quelques sous-vêtements de rechange, une chemise et des draps. On nous les restitua, noirs et empestant l'odeur du sang séché.

Aujourd'hui, je suis beaucoup plus âgée que lui au jour de sa mort. Je comprends ma révolte d'alors. Je pressentais que j'allais vivre sans doute plus longtemps que lui, et que ce n'était pas juste. Atteindre le même âge que lui le jour de sa mort, et me demander quel droit j'avais d'aller au-delà. Je ressens une infinie tendresse pour ce jeune homme, mon père, que je n'ai pas voulu voir mort.

2

On l'a compris, je n'aime ni les maisons de retraite ni les morgues. Et je m'étais promis de n'y jamais mettre les pieds. Et c'est pourtant ce que j'ai fait. C'est un souvenir plus proche. Je suis allée à la morgue lorsque mon ami Sultan a été assassiné chez lui par son locataire, une nuit de 31 décembre. Ce locataire était commis pâtissier chez un patron dont la boutique ne se trouvait qu'à quelques mètres de là. Le commis s'était introduit sans effraction en pleine nuit dans la maison de mon ami parce que la porte n'était pas fermée à clef. Combien de fois avais-je dit à mon ami Sultan de fermer sa porte parce qu'on ne sait jamais. Sultan était un homme du soleil et, moi, une neurasthénique de l'ombre, de la peur et de la mémoire de la peur, me faisait-il à tout moment remarquer. « Vous les Ashkénazes, disait-il, vous voyez le danger, le mal partout. » « Relax, ajoutait-il, relax ! » « Ma porte est ouverte à tous. Ne vous est-il pas agréable d'entrer sans frapper », disait-il encore. Et c'est un fait qu'on entrait toujours chez lui sans frapper. Le rez-de-chaussée de sa maison n'avait qu'une porte, toujours ouverte. Une porte de bois toute simple encastrée entre de vastes baies sans rideaux. Ainsi, pouvait-on voir ce qui se passait dans la cuisine, dallée de larges pierres blanches. Cette nuit du 31 décembre, il n'a comme d'habitude pas fermé à clef sa porte au moment de monter se coucher, après avoir joué quelques morceaux sur son demi-queue Steinway. Dans le salon, il y avait aussi un quart de queue Érard, très vieux, qui ne valait plus grand-chose. Les mites avaient dévoré ses feutres. Sultan aimait la musique sans être à proprement parler un connaisseur, encore moins un chambriste distingué, mais il aimait de toute son âme la musique et le piano. À dire vrai, la présence, la seule vue du Steinway dans son salon le remplissait de bonheur.

En pleine nuit du 31 décembre, le commis pâtissier était entré chez son propriétaire, le visage dissimulé par une cagoule noire. Durant la semaine précédente, il était allé acheter un couteau de chasse pour découper le gibier à l'armurerie de la rue Vivienne, proche du palais Brongniart. Il avait tout simplement pris la décision mûrement réfléchie de suriner son propriétaire. Et il avait décidé que ce soir-là était le moment opportun pour saigner comme un animal de boucherie un homme qui ne lui avait rien fait. Il avait rapporté ce couteau à découper le gibier et l'avait dissimulé chez lui en attendant de passer à l'action, c'est-à-dire d'en finir avec un homme qui ne lui avait fait que du bien. Il ne lui pardonnait pas de lui avoir loué ce studio et de devoir lui payer chaque mois un loyer modique. Il avait épié tout le jour les mouvements dans la cour et dans la maison de sa victime. Il avait vu son jeune fils sortir vers 20 heures. Longtemps, il avait écouté Sultan jouer dans son salon sur son Steinway. Quand le silence fut total, les lumières éteintes, le commis était allé vérifier que la porte n'était que poussée, comme à l'accoutumée, à l'intention des visiteurs.

Le commis est entré dans l'obscurité, il est monté au premier étage, puis au second, où il a pénétré dans la chambre à coucher, et s'en est pris à mon ami Sultan qui, déjà grièvement blessé, a vainement tenté de lui échapper en dévalant les escaliers jusqu'au rez-de-chaussée. Le rattrapant, son assassin lui fit face. Dans un ultime effort, Sultan lui arracha sa cagoule, et ce fut à ce moment que le commis, se voyant reconnu, lui infligea une blessure fatale au thorax. Mon ami Sultan tomba sur le sol. Après quoi, le commis entreprit de se laver soigneusement les mains dans la cuisine. Longtemps, il laissa la victime perdre son sang à ses pieds jusqu'à ce qu'il fût mort.

Alors, le commis rentra posément chez lui, se dévêtit et mit ses vêtements gorgés de sang dans le tambour de sa machine à laver. Le cadavre de mon ami Sultan se trouvait derrière la porte et entravait à présent son ouverture, tandis que le sang se répandait partout. Le couteau que le commis rapporta dans son studio pour le rincer était-il un Solingen, un Browning, un Buck, un Cold Steel, un Gerber van Glock, ou encore un Wildsteer ?

Les médecins du SAMU ne purent que constater que mon ami Sultan avait perdu trop de sang. On interrogea les voisins dont les fenêtres donnaient sur la cour. Ils avaient entendu du « tapage », des cris, mais personne n'avait compris qu'on était en train d'assassiner un homme. Tous ouvrirent leur porte aux policiers venus entendre d'éventuels témoins, faire les constats et prélèvements, sauf le commis. Il fallut attendre l'aube pour forcer sa porte. La machine à laver tournait encore ; il se laissa arrêter sans résistance, ne donnant aucune explication plausible lorsque les policiers qui étaient restés sur place jusqu'au lever du jour pour procéder à son arrestation lui avaient demandé pourquoi il faisait sa lessive en pleine nuit. Il avoua tout de suite et sans émotion. Lorsqu'on le pria de dire pour quelle raison il avait poignardé son propriétaire et voisin, ce jeune homme renfermé, consciencieux, ponctuel, répondit que ça faisait quatre mois qu'il se préparait à « tuer ce gros plein de soupe ». C'est pourquoi, avait-il expliqué, il était allé acheter son coutelas à l'armurerie de la rue Vivienne. Oui, il avait pris la décision de tuer Sultan, un homme mince, distingué qui aimait la musique et laissait toujours la porte ouverte à l'intention de ses amis. Le commis avait été obsédé pendant quatre mois par l'idée de tuer Sultan, tel Raskolnikov errant dans les rues de Saint-Pétersbourg et s'apprêtant à occire Alyona Ivanovna, la vieille usurière. Il n'éprouvait aucun remords, il n'éprouvait rien du tout. Contrairement à Raskolnikov, il ne connaîtra pas le salut par la souffrance.

Lorsque le fils de Sultan rentra peu après minuit, il ne réussit pas à ouvrir la porte. Il entrevit dans l'obscurité un corps à terre et une large flaque de sang qui ruisselait sur le seuil. Il courut vers le boulevard Raspail, n'ayant pas compris, n'ayant pu comprendre qu'il s'agissait de son père. Le corps qui entravait l'ouverture de la porte lui avait paru être celui d'une femme, une illusion qui lui avait interdit d'imaginer le pire. C'est du moins ce qu'il dit au premier passant qu'il trouva sur le boulevard Raspail. Ce dernier lui prêta son téléphone, le jeune homme appela la police et, quelques minutes plus tard, il dut se rendre à l'évidence : c'était bien le cadavre de son père qui gisait derrière la porte. Et ce fut lui, le premier mort, comme je l'ai dit, qu'il me fut donné de voir. Oui, ce fut le premier cadavre que je souffris de deviner dans un cercueil posé à même le sol d'une lugubre petite pièce de l'Institut médico-légal dans les premiers jours de l'année 2011. On ne distinguait que la forme de son corps, car il avait été enveloppé dans son suaire, comme le veut la tradition juive. Il y avait des liens autour du cou, de la taille et des pieds. C'était la première fois que je voyais un Juif dans son linceul. J'avais eu peur à l'idée d'être mise en présence du mort, mais à ma grande surprise, le mort ne m'avait pas effrayée. C'était de la mort que j'avais peur.

3

Arturo, le grand jeune homme aux semelles de crêpe et aux pulls trop courts, haut front lisse, cheveux au vent, peau délicate et yeux de miel, avait soudain reparu. Il me reçut à nouveau dans son immense appartement dont les hautes fenêtres dominaient la Seine. Il y avait d'un côté une cheminée de marbre avec une photo de Rudolf Noureev dédicacée et, de l'autre, une impressionnante bibliothèque, dotée d'une échelle coulissante pour atteindre les rayons proches du plafond. Quelle douce lumière entrait l'après-midi dans sa bibliothèque ! Vers midi, drapé dans sa longue robe de chambre en soie, Arturo jetait un œil curieux vers le quai, sur les bateaux de la brigade fluviale qui glissaient sous le pont de pierre. Puis la bonne lui apportait son café sur un plateau d'argent avec son petit déjeuner. J'étais intimidée lorsque je montais en sa compagnie les marches garnies d'un épais tapis rouge jusqu'au deuxième étage. Un jour, nous rencontrâmes un bel homme brun au teint très mat. C'était son père. Ils s'arrêtèrent, se saluèrent brièvement mais cordialement, le père continuant son ascension jusqu'au troisième étage. Arturo me dit qu'il était un homme d'affaires, sans autre explication, et qu'il s'appelait Daniel Lumbroso.

J'avais remarqué que l'élocution d'Arturo, qui passait ses nuits à écrire, variait sensiblement selon les personnes à qui il s'adressait. Il pouvait sembler presque bègue, incapable d'achever une phrase, courant après les mots et abandonnant son propos par ennui ou lassitude. Ou peut-être par mépris pour la sottise supposée de son interlocuteur. On aurait dit que son esprit devançait de beaucoup sa parole. Problème de synchronisation.

En ma présence, il s'exprimait avec aisance, vivacité, précision. Sa diction était parfaite et agréable. Entre des phrases impétueuses, il y avait parfois de longs silences. Son regard étincelant devenait froid. Il savait être volubile, drôle, brillant, mais le plus souvent profondément cruel. Je crois qu'il avait un goût réel pour la cruauté. Il n'était en aucune façon un modèle de timidité pathétique. Il n'a jamais été le grand timide balbutiant qu'on s'imagine. Il aimait dérouter, désarçonner ceux qui l'approchaient, y compris les plus célèbres, les plus respectés. Comme je l'ai dit, il posait souvent des lapins et, dans ces circonstances, m'envoyait, comme je l'ai dit, observer les personnes à qui il avait donné rendez-vous. Il me demandait combien de temps elles avaient attendu avant de renoncer. Si elles semblaient contrariées, en colère. Et mille autres détails de leur physionomie lorsqu'elles réalisaient qu'il ne viendrait pas. Ayant tout entendu et savouré, il était pris d'un accès de fou rire. Il se tordait sur sa chaise, on aurait dit qu'il allait en tomber, qu'il était victime d'une crise d'épilepsie. Il lui arrivait aussi souvent de laisser sonner le téléphone de longues minutes sans répondre. Quand la sonnerie cessait, rasséréné, il ricanait. Mais il affectionnait plus encore les farces nocturnes. Téléphoner en pleine nuit à quelqu'un qu'il ne connaissait pas et lui faire peur. Lui occasionner une trouille mortelle par des propos déroutants et menaçants. Ce n'était en rien un garçon désarmé et mélancolique.

Il partageait le grand appartement avec sa mère et son compagnon, un homme de lettres aux yeux charbonneux, aux lèvres minces, toujours fulminant. Dès qu'il rentrait, il se précipitait dans la cuisine, ouvrait le frigo et vérifiait que tout ce qu'il avait acheté chez Hédiard s'y trouvait encore. Or, il arriva qu'un gâteau issu des laboratoires de l'illustre pâtissier se trouvât sur une assiette à dessert et dépourvu de son étiquette Hédiard. La mère de mon ami m'avait dit : « Vous qui avez toujours faim, prenez le gâteau qui se trouve dans le frigo. Il est pour vous. » Je ne me l'étais pas fait dire deux fois. Quand l'homme de lettres rentra et ouvrit le frigo, car il avait faim comme moi, il cria : « Mais où est mon gâteau de chez Hédiard ?! Qui a pris mon gâteau ?! Qui a mangé mon gâteau ?! » Et se tournant vers moi : « C'est vous qui avez volé Mon Gâteau, que je me faisais une joie de manger en rentrant ! » La Maman de mon ami m'avait tendu un piège grossier pour se débarrasser de moi ; ma fringale était tombée dedans. Elle savait que je me précipitais à la cuisine avec Arturo, son fils, pour nous faire servir par la bonne qui était tirée à quatre épingles et bien élevée. La Maman d'Arturo, qui roulait les « r » comme Elvire Popesco, m'avait recommandé de ne jamais toucher à ce qui était emballé sous étiquette Hédiard. « Qu'est-ce que vous foutez là ?! » avait hurlé l'écrivain gastronome, l'écume aux lèvres. « Qui vous a autorisée à mettre les pieds dans la cuisine, à vous servir dans le frigo ? Qui vous a permis de manger mon gâteau de chez Hédiard ?! » Et pour finir : « Dehors ! » Arturo s'amusa beaucoup de cette histoire de gâteau. Il s'en souvient encore aujourd'hui.

Avant de me chasser, après le scandale du gâteau, la Maman d'Arturo m'avait convoquée dans son petit salon pour me dire : « Arturo a fait sa première communion, vous n'avez rien à faire ici. »

Malgré mon expulsion et ma condamnation à l'errance, privée de dessert, je le revis encore un peu. Notamment, lors d'une de ses crises de fou rire homériques chez sa secrétaire. Nous étions entrés dans un immeuble cossu des années 1930 sur une avenue du 7e arrondissement. Avenue de Ségur ? Avenue de La Bourdonnais ? La porte s'était ouverte sur une femme dotée d'une barbe à longs poils autour des lèvres et du menton, coiffée d'un béret bleu marine, enfoncé jusqu'aux yeux, quasiment invisibles derrière de lourdes lunettes d'écaille. De petite taille, son corps épais était drapé dans une pièce de tissu pour costumes d'homme bleu marine, rayé tennis. Le tout était maintenu par une grossière ceinture de cuir à boucle de métal. Elle portait aussi des chaussures d'homme à lacets. Elle nous avait ouvert la porte, la pipe au bec. Elle nous toisa, puis nous laissa entrer et se mit aussitôt à hoqueter, aboyant presque : « Ah ! Ah ! Ah ! Mais c'est notre Arturo

Lumbroso qui nous rend une petite visite ! » Elle appela sa sœur, une créature rachitique à chignon, qui nous dévisagea sans rien dire. Dans la pièce aux murs noirs, d'une misère abjecte, il n'y avait que quelques chaises branlantes et une table. « Ah ! Ah ! Ah ! Est-ce là votre fiancée ?! Vous allez vous marier ! Eh ! Eh ! Eh ! Alors, Arturo, vous m'apportez une jolie histoire ? Je les aime parce que vous ne racontez pas de saletés entre hommes et femmes. Des choses dégoûtantes. Moi, je ne tape pas ces choses-là, je ne mange pas de ce pain-là. Non merci ! Il faut rester convenable tout de même, vous ne trouvez pas ?! »

Arturo l'avait écoutée sans broncher, puis s'était mis à se tordre de rire en répétant : « Dégoûtant ! Convenable ! Saletés ! » Il riait comme personne. Il faillit tomber de sa chaise.

Je l'ai dit, après s'être levé au début de l'après-midi, avoir pris son café, il descendait sur le quai pour aller acheter, via la rue des Grands-Augustins, la presse au kiosque le plus proche. C'était un grand lecteur de journaux, qu'il examinait minutieusement, une paire de ciseaux à la main. Il découpait des articles, des phrases isolées parfois, qu'il rangeait dans des boîtes selon un ordre connu de lui seul. Il achetait chez les bouquinistes de vieux annuaires de téléphone, des collections de Bottin. Ainsi, il était capable de retrouver l'adresse et le numéro de téléphone de n'importe qui, pour peu qu'il ait été abonné. Un roi du renseignement. Il aimait les noms de famille, les prénoms. Il examinait les déménagements des uns et des autres jusqu'à leur disparition. Il vivait pour ainsi dire au milieu des disparus qui avaient, dans leurs apparitions fugitives, plus d'importance que la réalité.

J'appris ainsi l'existence de la milliardaire américaine Florence Gould, née La Caze, et des déjeuners fastueux qu'elle organisa encore longtemps après la Seconde Guerre mondiale à l'hôtel Le Meurice. Elle s'était mêlée au Paris nazi de l'Occupation. Cela n'empêcha pas une foule d'écrivains et d'artistes de répondre à ses invitations, ainsi que me le raconta Arturo. On prétendait qu'elle aimait les jeunes gens et achetait leurs faveurs. Autrement dit, l'art de la turlutte. Dans les salons du Meurice errent encore les fantômes d'Arno Breker, le sculpteur du Troisième Reich, du colonel Helmut Knochen, le chef de l'antenne du *Sicherheitsdienst*, celle du chef de la police criminelle allemande le *Sturmbahnnführer* Odewald, et les uniformes vert-de-gris des *Standartenführer*.

4

Le fait est que j'ai été l'objet d'une œuvre de construction et de destruction systématiques. De destruction, en vérité, quand on m'a fait prendre conscience dès mon plus jeune âge de l'inanité de mes efforts pour être « comme tout le monde » capable de quelque chose. Or, je n'étais pas faite de ce bois-là. Je n'étais pas exactement comme tout le monde, si cela veut dire quelque chose. Justement, quelque chose clochait. Quoi ? Je ne savais pas au juste, mais je ressentais un sentiment de non-conformité. Une inadéquation. Cette perception de moi-même prenait précisément consistance quand on me demandait : « Pourquoi n'es-tu pas normale comme tout le monde ? » La honte me montait au front parce que je ne savais pas ce que je devais faire pour m'approcher d'un modèle que je ne concevais pas clairement.

Sauter à la corde, je ne savais pas. Jouer au ballon prisonnier, je ne savais pas. Danser la pavane, je ne savais pas. Incapacité totale de danser, d'enchaîner les mouvements successifs des pieds, malgré mes efforts pour les mémoriser. Je les voyais d'une certaine manière, mais j'étais incapable de les reproduire. Tout se passait comme dans un miroir. S'il fallait aller à droite, je tournais à gauche. S'il fallait faire trois pas en avant, je faisais trois pas en arrière. Finalement, je me retrouvais seule à faire tout de façon exactement symétrique et contraire face aux autres qui rigolaient. Et plus on me le faisait remarquer, et plus on me reprochait de n'avoir pas les dispositions requises, moins je les avais. Je perdais même les dispositions adéquates que j'avais pour autre chose et que les autres n'avaient pas. Mais ça n'avait aucune valeur parce que je n'avais pas les dispositions requises pour ce qui avait été prédéterminé pour moi. Comme quelque chose clochait, ne pas savoir danser et exécuter des mouvements du même côté que les autres mais du côté opposé était gravissime. On disait : elle fait tout à l'envers. Une tare. Il fallait absolument corriger cela. Effacer la honte qui s'étendait à la famille. On eut l'idée de leçons particulières. « Elle n'est pas plus bête qu'une autre », disait ma mère pour conjurer le malheur. On fit appel à Mlle Grandmontagne, une valkyrie portant un chandail rouge à basques longues, tricoté à la main. Elle s'asseyait à côté de moi et disait d'un air important : « Voyons cela », en examinant mon « cahier du soir ».

« Ce mot-là n'est pas français. Mais où es-tu allée chercher cela ? Qu'est-ce que tu as écrit là ?! *Tchaïnik* ? C'est bien ce que tu as écrit ? Dis-le, mais dis-le. Elle ne répond pas. Inutile de pleurer. Oui, tu as écrit *Tchaïnik*. Et ça ne veut rien dire du tout. Ce n'est pas français. Qu'est-ce que tu as voulu dire ? » J'ai désigné l'objet de mon désastre sur la gazinière. « Ah ! Une bouilloire ! Elle a voulu dire une bouilloire. Ça alors ! Elle est bien bonne. Écris : bouilloire. Et pour que ça te rentre dans le crâne, tu vas copier cinquante fois : “Dans la bouilloire, on fait bouillir de l’eau.” Il ne faut pas introduire des mots étrangers dans le français. Nous allons évidemment tout reprendre à zéro. » Il s’ensuivit que je me sentis une véritable nullité. Ce qui corroborait l’opinion de ma petite Maman : « Mais enfin, elle n’est pas plus bête qu’une autre ! » Elle m’avait par conséquent mise dans la nécessité humiliante de prouver pendant le restant de mes jours – oui, pendant le restant de mes jours – que je n’étais ni nulle ni bête.

Mlle Grandmontagne voulut en avoir le cœur net du côté des mathématiques. Les fractions, la règle de trois. Qu’est-ce qui est plus grand ? Un tiers ou un demi ? Pour le français, les mathématiques, je me suis mise en règle, mais pour la danse, je n’avais définitivement pas les qualités requises. Et j’aurais, par-dessus tout, voulu les avoir. Certains font cela spontanément. Leurs pieds savent d’emblée comment se mouvoir, leur corps sait dans quelle direction se tourner. C’est ce qu’on appelle avoir les dispositions requises naturellement. Mais précisément parce que je ne les avais pas, je me mettais dans une situation où je devais prouver que je les avais. C’était ça ou vendre des robes de mariée à Villefranche-sur-Saône. Dieu sait que j’aurais préféré mourir que de vendre des robes, des manteaux, des tailleurs pour dames et jeunes filles à Villefranche-sur-Saône, chez Marie-Louise. Alors, Ricardo Bandini m’a engagée après avoir examiné mes photos – « Tu fais l’affaire », a-t-il dit – et demandé : « Est-ce que tu es rigolote ? Bien sûr que tu es rigolote, sinon tu ne fais pas l'affaire. »

« Elle va faire l'affaire », a-t-il répété à mes futurs partenaires. « On va lui montrer. Tu vas reprendre le rôle de Monique qui va s'en aller tapiner à la télévision pour beaucoup de pognon. On va te montrer la chorégraphie et t'apprendre les *lyrics*. Tu sais chanter au moins ? » Je savais. Le Vieux Salaud me l'avait dit et répété. Il n'allait pas tarder à me le prouver. Encore un peu de patience ! On entendrait parler de moi.

Danser et chanter en mesure. « C'est Thérèse qui rit quand on la baise ! Allons-z'y. Allons-z'y ! On paie à l'intérieur ! C'est nous les sœurs Pouliguen. Ce sont elles les sœurs Pouliguen. Elles sont montées sur le bateau pour aller à Valparaiso. Oh ! Oh ! Je suis le capitaine ! Il est le capitaine ! Il mène le bateau jusqu'à Valparaiso ! » Le refrain est presque inavouable, mais je ne résiste pas : « Cacapipi-cacapipi ! Pitaine ! Pitaine ! »

Mini short en satin rose, talons hauts, petit Marcel à paillettes, cannes américaines, chapeau claque. Ricardo Bandini avait désigné un préposé qui devait m'enseigner en huit jours la chorégraphie en l'exécutant à côté de moi. « Un, deux, trois, quatre ! Un, deux, trois, quatre ! Au pas ! Gauche ! Gauche ! Cinq pas en avant, trois quart gauche, puis trois à droite, encore cinq pas jusqu'au fond du plateau. Tu n'as qu'à te dire : "Un, deux, trois, quatre, cinq, six, jardin ! Sept, huit, neuf, dix, cour !" Tu piges ?! De toute façon, tu suis le mouvement. » En le suivant effectivement comme un toutou, je fis illusion. Tout laissait croire que je marchais au pas, mais en réalité, je ne le faisais pas. Lors des représentations, nous commencions dans le noir, en partant du jardin. Quand les projecteurs s'allumaient, nous devions être en place sur le plateau, et en pleine action. « Allons-z'y ! On paie à l'intérieur ! »

Le premier soir, devant une salle à moitié vide qui avait mis Ricardo Bandini de méchante humeur, tout s'est bien passé parce que ça s'est mal passé. Dans la coulisse, Bandini s'est planté à côté de moi et m'a soufflé dans l'oreille : « Gauche, gauche, gauche, vas-y, te plante pas. » J'ai exécuté précisément toutes les figures prévues, mais quand les projecteurs se sont allumés, j'étais seule à cour, et tous les autres à jardin. Horrifiée, j'ai couru les rejoindre et me cacher au milieu d'eux du mieux que j'ai pu. Les cent spectateurs s'esclaffèrent, applaudirent quoique brièvement. J'étais rigolote. Mais ça n'était pas prévu. Je devais être rigolote selon un plan déterminé, et seulement quand on me le demandait. Bandini fulminant, murmura avant d'entonner « Je suis le capitaine, je mène le bateau ! » :

– Tu l'as fait exprès, salope ! Si tu me refais ça demain, si tu me laisses dans le *schwartz*, tu es virée, connasse !

– On pourrait peut-être me faire un marquage phosphorescent au sol ? ai-je proposé sans obtenir de réponse.

Devais-je avouer que je ne l'avais pas fait exprès, que je n'avais pas voulu lui « casser son coup », ainsi qu'il l'avait prétendu ? Devais-je jurer que mon seul but était de me trouver du bon côté. Cela n'arriva pas une seule fois. Je me suis trente fois dirigée du mauvais côté. Chaque fois, ce fut compris par le public comme un effet comique soigneusement minuté, et par un calcul cynique par Bandini. Je n'avais pas les dispositions requises pour être drôle de ma propre volonté. Et si je les eusse eues, Bandini m'aurait virée encore plus vite. Lui seul était drôle de toute éternité.

Il m'aurait bien filé une talmouse, comme il en avait manifesté l'intention en esquissant un geste menaçant de sa main potelée et velue.

– Il est vrai que je fais tout à l'envers, lui ai-je dit, tu peux me virer, mais pas me battre. Tu m'as déjà pincée, tu m'as aussi marché sur les pieds. Si tu me bats, Bandini, il y aura un constat. Par ailleurs, lui ai-je encore dit, tu m'as promis de me signer un contrat et de me payer, et tu ne me paies pas.

– C'est vrai, je ne vous paie pas. Je ne paie personne. C'est tout ce que vous méritez bande de connes. Si vous ne savez pas vous faire payer, c'est parce que vous manquez totalement de talent. Pourquoi devrais-je payer des gonzesses dépourvues du moindre talent et qui ne font rire personne ? a-t-il hurlé en essuyant sa main sur le costume d'un autre. Pour avoir le droit de se faire payer, il faut connaître son métier. Vous les gonzesses, vous êtes nulles et vous êtes méchantes. Allez donc vous plaindre au syndicat, sales pouffiasses. Vous les aurez vos sous, mais vous ne méritez rien. Et finalement, vous n'aurez rien. Si vous voulez toutes vous tailler, je vous dis : "Adieu ma poule !" »

Et, de ses lèvres en cul-de-poule, il nous lança un baiser.

– Bandini, tu peux me virer autant que tu veux, mais je t'interdis de te moucher dans mon costume de scène, de me pincer et de me traiter de salope.

– Envoie-moi ton syndicat, connasse ! On va bien se marrer. Arrange-toi avec la direction du théâtre et tu ne remettras pas les pieds dans ma troupe.

Le public s'ennuyait. Le capitaine, les sœurs Pouliguen ne l'amusaient pas vraiment, et nous avons joué devant des salles désespérément clairsemées les trente représentations syndicales.

Un soir, ma mère ne repartit pas par le train de 19 heures, qui s'arrêtait en rase campagne à la gare de Mâcon-Loché, où elle descendait pour regagner en pleine nuit sa villa néo-provençale sur les hauteurs de Villefranche-sur-Saône. D'où l'on admirait l'autoroute et les voies de chemin de fer. Elle prit une chambre à l'Hôtel de France, rue du Caire, pour voir comment je dilapidais l'argent qu'elle gagnait en travaillant, elle ! Quand elle m'eut entendue claironner trois fois « C'est Thérèse qui rit quand on la baise », elle fut au bord des larmes. « Alors, ma pauvre, c'est ça que tu fais avec mon fric ?! La première fois que je t'ai vue, tu te cramponnais à un homme nu, la seconde tu passais une heure à poil dans une baignoire et, maintenant, tu chantes des âneries. De mieux en mieux ! Tu appelles ça "expérimental, de la dérision" ! Ce n'est rien du tout. Du rien du tout expérimental. Nous allons faire nos comptes. C'est fini, ma belle. Fini ! N-i-ni !

5

Le Vieux Salaud ne m'avait pas encore abandonnée. Il se démenait auprès des producteurs pour me vendre, moi et mes chansons. Une inconnue qu'on n'avait pas envie de connaître. Un soir, il sonna rue René-Boulanger, après m'avoir laissée sans nouvelles pendant plusieurs jours. Pas même un pneumatique ou une enveloppe glissée sous ma porte en mon absence, avec quelques vers auxquels je voulais donner un sens qu'ils n'avaient pas. Mais quand j'étais à bout, incapable de quoique ce soit, il me fallait partir.

Hors de moi, je me suis précipitée une fois encore dans un taxi pour filer à la gare de Lyon, après avoir mangé des saucisses frites sur le boulevard Poissonnière. Tandis que le train glissait lentement le long du quai, je me demandais comment je supporterai de passer une nuit entière dans ce wagon. Je me reprochais de n'avoir pas eu la patience d'attendre « chez moi » l'inéluctable apparition du Vieux Salaud. Et, bien entendu, je serais allée n'importe où dans le monde plutôt qu'à Villefranche-sur-Saône, mais il était trop tard. Seule dans mon wagon de première (« Poule de luxe, un billet de première coûte deux fois plus cher ! *Oïf meine pleïtses !* J'ai le dos large ! »), je me disais : « Et si le Vieux Salaud m'avait téléphoné, et s'il était venu sonner au cinquième étage de la rue René-Boulanger ? Et s'il avait laissé quelques lignes de sa main sur le lit pour me dire qu'il partait quelques jours accompagner un artiste en tournée, réaliser un enregistrement *live* ? » Même mensongère, j'aurais relu plusieurs fois sa lettre. Je l'aurais triturée et me serais demandé pourquoi il avait pris la peine de m'écrire et de monter cinq étages pour laisser ça sur mon lit. Ce lit où, dans le désordre des draps, je cherchais son odeur.

Puisque je partais sur une impulsion violente et désespérée, je ne prévenais quasiment jamais ma petite Maman de mon arrivée. Dans le premier taxi apparu devant la gare, je montais la route de la Corniche, où la villa néo-provençale, avec une touche mexicaine, bien qu'elle fût en contrebas de la route, se distinguait de loin par deux mats, au sommet desquels flottaient des drapeaux en forme de poisson. « La Villa » attirait le regard et il n'était pas rare que des automobilistes, séduits par cette fantaisie architecturale, la prissent pour un hôtel-restaurant avec piscine. Ce dont Albert, le compagnon de Maman qui avait tout pensé et dessiné, se glorifiait. Ça faisait cinémascope. Festival de Cannes. Tout ce qu'on voudra. Et l'on n'avait pas vu l'intérieur. Ou plutôt le sous-sol où il avait installé une vraie boîte de nuit, avec un sol en pavés de verre multicolores qui s'illuminaient sous les pas des danseurs, un bar racheté à un professionnel, des centaines de bouteilles d'alcools qui faisaient l'admiration des amis d'Albert, le *disc-jockey*. Tandis que ma petite Maman me faisait la leçon (j'allais finir sous les ponts), en leur préparant des spaghettis et du saucisson maison, des effluves de musique montaient de la cave :

J'ai une jolie femme
Dont je suis épris
Mais voilà le drame
Elle se lève la nuit
Sortant de sa chambre à peine vêtue
Elle se frotte le ventre et me dit d'une voix menue :
Fais-moi du couscous chéri
Fais-moi du couscous !

Il y en avait de plus sentimentales et bêlantes. Et des slows pour se peloter.

En remontant de la cave, le Bazane, le Minet, le Coco Biscuit et le Farouk chantaient : « Il est des nôtres / Il a bu son coup comme nous autres ! »

Ils émergeaient à la porte de la cuisine en braillant : « Olé, torero ! Un costume de lumière pour toi seul doit briller ! »

« Qu'est-ce que tu ferais si je te coupais définitivement les vivres. Je ne serai pas toujours ta vache à lait ! (Je criais Meuh !) Ne fouille pas dans les placards, tu n'es pas chez toi ici. Je sais que tu es une chapardeuse et que, dès que j'ai le dos tourné, tu en profites pour fouiller mes placards. Ne va pas me piquer une serviette-éponge. Un drap de bain à monogramme a disparu. Si ce n'est pas toi, qui alors ? Comme on connaît ses saints, on les honore. Le frigo n'est pas un self-service. Quelle sans-gêne ! »

Le Vieux Salaud sonna donc cette fois où je l'avais attendu, errant au milieu des toiles, des chevalets, des tubes de peinture et des pinceaux de Hella. La plupart de ses tableaux avaient été peints en Grèce et représentaient le village de Hydra, la mer, les rochers, des maisons cubiques aux portes multicolores, reliées par des escaliers, des terrasses. Du bleu et du blanc.

J'ouvris la porte au Vieux Salaud qui entra l'air contrarié, une grande enveloppe en kraft à la main. Il me rapportait la maquette de mon disque – on disait un souple, bien qu'il fût gravé provisoirement sur un support dur et très cassable – qu'il avait proposé partout, et se l'était fait refuser partout. Il venait donc m'en informer et prendre congé. Lui excepté, personne n'y croyait, et n'y croirait jamais. « Foutu », ajouta-t-il. Je refusai de prendre l'enveloppe qui contenait l'enregistrement que nous avions réalisé dans les studios de la rue Jenner. Je le suppliai d'essayer encore. Une dernière fois. Je descendis avec lui les cinq étages, le suivis dans la cour et montai dans sa Peugeot bleu clair. J'eus soudain la fièvre. Il s'arrêta devant une pharmacie, rapporta du paracétamol et une bouteille d'eau minérale, puis se dirigea vers le périphérique. « Prends ça », murmura-t-il sombrement. Nous roulions sur la route de Chartres. Peu avant d'y arriver, il annonça qu'on allait écouter les concertos brandebourgeois dans la cathédrale de Chartres. De temps en temps, je lorgnais l'enveloppe en kraft, que j'avais posée loin, sur le siège arrière. Nous écoutâmes la répétition des Brandebourgeois qu'il devait enregistrer, assis sur le sol de pierre glacé, au pied d'une colonne. Il avait jeté son manteau tibétain sur mes épaules. Nous arrivâmes à l'aube rue René-Boulanger, je vis sa petite voiture bleue tourner le coin de la rue devant l'entrée des artistes du Théâtre de la Porte-Saint-Martin. Avant de démarrer, à notre retour de Chartes, il me dit qu'il essaierait une dernière fois, mais pas plus. Il avait une idée. Mais je n'espérais plus le revoir. Je pensais à mon enregistrement de la rue Jenner – des poèmes écrits par une adolescente condamnée à dix ans de prison pour un vol à main armée – qu'il jetterait par terre dans son bureau avec des centaines d'autres jusqu'à ce qu'il donnât l'ordre de les détruire. Des poèmes de prison qui m'envoûtaient. Ce n'était pas, certes, *La Ballade de la geôle de Reading*, mais c'était ce petit oiseau fragile enfermé dans sa cellule de Doullens qui les avait écrits sans rature, avec un sens de la prosodie très sûr, et avait eu l'audace de s'évader en sautant un mur de dix mètres. Elle s'était brisé l'astragale. Aussitôt que nous nous étions rencontrées, elle et moi, au Mandarin, le café qui faisait l'angle de la rue de Seine et du boulevard Saint-Germain, nous nous étions aimées. Puis nous étions montées dans sa chambre à l'Hôtel de la Louisiane jusque tard dans la nuit. Et il y eut dans l'air un amour saphique.

J'eus l'occasion de séjourner à mon tour à l'Hôtel de la Louisiane peu après sa mort brutale, mais ceci est une autre histoire. Dans l'escalier, lorsque je sortais de ma chambre étroite et sans douche, sans oser l'aborder, je croisais parfois Albert Cossery, ou des musiciens noirs. À deux pas, sur le boulevard Saint-Germain, Adamov passait des heures à la terrasse de l'Old Navy. À lui non plus, je n'osais pas parler.

Le directeur du théâtre m'avait convoquée dans son bureau avant la dernière représentation. « Avant de réclamer un contrat, m'a-t-il dit en ne me proposant pas de m'asseoir, il faut se faire un nom, ma petite. Ce n'était pas la peine d'ameuter le syndicat, on vous l'aurait donné de toute façon votre contrat, bien que vous ne le méritiez pas. On vous accorde le minimum syndical et bonsoir. Vous êtes grillée. »

En arrivant à Villefranche, j'avais brandi mon contrat sous le nez de ma petite Maman. Elle n'avait vu que mon sac de voyage posé sur le carrelage étincelant et m'avait ordonné de le faire disparaître. « De l'ordre ! » De l'ordre. Le contrat, après. De toute façon, c'était des cacahuètes.

Alors on m'avait payée pour le temps que je faisais perdre aux spectateurs, avait-elle ricané. « Ils auraient dû crier : "Remboursez !" J'aurais sans doute crié avec eux, bien que tu sois ma fille et que tu ne me fasses pas honneur. Ce n'est pas du théâtre. Vous vous foutez du monde, ma parole ! N'importe qui serait capable de faire vos lamentables pitreries. Qu'est-ce qu'elle va inventer à présent ?! Ah oui, la chansonnette. *Dous hot mir guèfelt !* Il ne me manquait plus que ça ! La chanson maintenant. Je me marre ! »

Encore quelques compliments de cette eau et j'avais atteint le fond du désespoir. Chez ma petite Maman, l'oxygène manquait. Elle vous bouffait toute crue. Je ne pensais qu'à m'emparer de mon sac qui souillait sa cuisine immaculée, et à foutre le camp. Ah, retrouver la rue René-Boulanger entre la porte Saint-Martin et la République, et y vivre de l'air du temps jusqu'au retour de

Hella. Et c'est ce que j'ai fait. J'étais venue pour me faire plaindre, mais j'ai tout plaqué après avoir entendu pour la énième fois cette phrase qui me gâchait la vie : « En somme, tu es partie de rien, et tu es arrivée à moins que rien. Je t'ai complètement loupée, ma pauvre. »

Elle m'accompagna pourtant à la gare. Le train ne s'arrêtait que deux minutes. Pas d'effusions inutiles. Or je n'avais plus un sou en poche, et elle le savait. Elle avait feint de l'ignorer conformément à sa décision d'en finir avec moi et mes prétentions extravagantes, les épisodes désastreux, le fiasco du pastiche de l'opérette de Ricardo Bandini, avec son « théâtre vulgaire et foutraque ». Nous étions donc sur le quai, il faisait déjà grand nuit, le train était annoncé, et je me souvins douloureusement que je n'avais pas de quoi payer un ticket de métro. Je lui en fis l'aveu honteux. « Et tu attends le dernier moment pour me le dire ! » Sans aucune pudeur, elle se mit à crier qu'elle m'avait prévenue et que c'était fini. Bonsoir !

Tandis que le train remontait vers Paris, je me disais qu'elle avait peut-être raison. J'étais partie de rien et n'arriverais à rien. Puisque je n'étais pas devenue « médecin-avocat-dentiste-professeur », et cætera, le mieux eut été de venir lui donner un coup de main pour la « Quinzaine de la mariée », elle avait passé une publicité dans les journaux et manquait de personnel. Pourquoi, me demanda-t-elle, avais-je fait le pire choix ? Le vagabondage, les aventures consternantes à Paris, après avoir tout abandonné à Lyon. J'eus juste le temps de monter dans le train, alors qu'il s'ébranlait. Je la vis seule sur le quai désert, déçue de moi, autant que je l'étais d'elle. Elle, déçue de moi depuis ma naissance et, moi, déçue d'elle depuis ma naissance. J'appartenais à la deuxième génération après l'obscure Pologne, et j'aurais dû réaliser tous les espoirs qu'elle avait conçus et pas réalisés pour elle-même à cause de la guerre, ainsi que tous les espoirs qu'elle avait conçus pour moi, et que j'avais égoïstement ignorés. Je n'avais pas saisi ma chance, choisi le chemin de l'ascension sociale, comme le doit tout émigré. J'étais une ingrate, sans dispositions particulières. En rangeant sa vaisselle dans les vastes placards de sa vaste cuisine, elle m'avait répété une ultime fois qu'elle m'avait donné ma chance. Une chance dont elle n'aurait jamais osé rêver, a-t-elle ajouté, avant de laisser tomber : « Princesse de mes fesses. »

Je pensais à elle, si triste, regagnant sa villa, et je sus qu'elle ne me laisserait pas mourir de faim. Je pleurais et je savais qu'elle pleurait. C'était la nature irréversible de notre relation. Un amour amer et violent.

Le train arriva à Paris vers 5 heures. Je dégotai au fond de mon porte-monnaie un dernier ticket de métro, les grilles venaient d'ouvrir, je descendis vers le quai.

J'émergeai à la station Bonne-Nouvelle et remontai avec une sorte d'allégresse la rue René-Boulanger jusqu'au numéro 64. Une fois encore, je passai devant l'entrée des artistes du Théâtre de la Porte-Saint-Martin, devant le restaurant El Goléa, devant l'impasse qui donnait accès au marché couvert du Château d'Eau, devant la minuscule boutique du bijoutier, qu'on remarquait à peine, et qui vendait des étoiles de David et des *mezouzot*. Je montai les cinq étages en ruminant que je n'en avais plus que pour quelques semaines. Je n'avais nulle part où aller, et ce lieu qui n'était pas chez moi me convenait précisément parce que je n'étais pas chez moi. J'étais partout et nulle part. J'étais une intruse, une voleuse, un passager clandestin appréhendant à tout moment d'être expulsé. C'était affreux et délicieux. Aussitôt que le téléphone sonnait, je redoutais d'entendre la voix de Hella, l'artiste, la vraie, dont les toiles s'entassaient dans l'atelier contigu à la chambre et recevaient la lumière de l'immense balcon qui courait sur toute la façade de ce dernier étage. Depuis son île grecque, elle me dirait : « Dégage, j'arrive, laisse le montant du loyer sur la cheminée. » Ce coup de téléphone était inévitable, inexorable, catastrophique, imminent, redoutable et redouté. Il n'y avait peut-être pas de téléphone à Hydra, espérai-je. Hella irait à la poste et, d'une manière ou d'une autre, m'avertirait que je devais disparaître.

Il faisait grand jour, je me jetai sur le lit tout habillée. Vers 10 heures, le préposé sonna deux fois. Je courus lui ouvrir, pensant que c'était un pneumatique du Vieux Salaud. Il me tendit une petite enveloppe bleue qu'on ouvrait en détachant une bordure perforée sur trois côtés. C'était un mandat télégraphique posté de Villefranche-sur-Saône par ma petite Maman. Je me mis à sangloter. Je pensais aux horreurs que nous nous étions jetées à la figure, transfigurées de sa part par ce geste qui me donnait un sursis de quatre semaines. Quatre semaines dont je n'imaginais pas le dernier jour parce que la fin, c'est la fin. Je décrochai le téléphone en larmes, comme d'habitude, et, en chialant comme d'habitude, je promis tout ce qu'elle voulait à ma petite

Maman, qui avait l'amour vache mais qui aimait à sa façon.

Plus encore donc, que les pneumatiques du Vieux Salaud, j'espérais les mandats télégraphiques de ma petite Maman, car sans mandats télégraphiques, pas de Vieux Salaud !

Plus encore que l'amour vache de ma petite Maman, qui a d'une certaine manière façonné ma manière de percevoir l'amour et d'y répondre, je lui suis plus encore redevable d'un souvenir auquel je fais appel quand il n'y a plus rien autour de moi. Je vois ma mère, âgée tout au plus de 30 ans, accepter l'invitation de mon père à danser « La Cumparsita », qu'il a posée sur le tourne-disque. La guerre est finie. Ils ont pris des cours de danse chez Emmanuelides. Les voilà qui tournent éternellement devant mes yeux entre les machines à coudre, les rouleaux de tissus et les mannequins de l'atelier. Ils adorent la France et boivent du Monbazillac en trempant dans ses bulles des biscuits roses de Reims. Ce doit être un anniversaire ou le 1er mai des prolétaires. Il suffit qu'un joueur d'accordéon monte dans mon wagon et attaque ce tango pour que je quitte en catastrophe la rame au prochain arrêt, les yeux pleins de larmes. Ils sont là tous les deux pour toujours, mais ils ne sont plus là pour l'éternité.

Je pensai aux quatre semaines de paix relative, à économiser chaque franc, à manger des rouleaux de printemps si le Vieux Salaud ne revenait pas, si Pierre-Marie était parti enseigner ou participer à des forums internationaux avec d'éminents économistes.

6

Je l'ai dit, j'avais parfois envisagé de me faire pute par intermittence pour mettre fin aux mandats télégraphiques. La question que je continue à me poser à ce jour est de savoir pourquoi je n'ai pas finalement mené à bien ce projet. Je ne connaissais rien à ce métier, mais je m'imaginais qu'il était possible de l'exercer sporadiquement, en solitaire, en cas d'urgence. Je laissai de côté l'aspect pratique, l'acte lui-même. Métier difficile entre tous. Un type avec un gros ventre mou, un type avec un dentier, un type avec un slip qui pend et des chaussettes en accordéon, un type morveux, un type avec les mains moites, un type qui plie soigneusement son pantalon et qui se mettrait à vous baver dessus. Grosse bite, petite bite. Odeur infecte. Affreux.

L'idée ne m'était en fait pas venue spontanément. Il y avait une cause première. Lorsque j'avais épuisé les solutions les plus évidentes, je téléphonais à mon amie Marie-Michelle. Elle vivait dans un petit appartement à l'entresol, rue de Lille, à l'angle de la rue du Bac. Elle partageait sans hésiter ce qu'elle avait. Le plus souvent, c'était du riz, des pâtes ou des pommes de terre avec des œufs dans tous les cas. Plutôt belle, assez bête, elle tournait de petits rôles au cinéma et partait en tournée avec des compagnies subventionnées. Faisant merveille dans *Maître Puntila et son valet Matti*, elle vivait épisodiquement avec Georges, un photographe de plateau. Elle avait eu une idée pour moi, sans me le dire. Un matin, le téléphone sonna rue René-Boulanger. Ce n'était ni Hella ni le Vieux Salaud. À notre retour de Chartres, avait succédé un silence de plusieurs jours. Mais nous n'en sommes pas là.

Pourtant, une scène remonte à ma mémoire. Je dors jusqu'à midi après que le Vieux Salaud m'a déposée au lever du jour. « Je te tiens au courant. » Puis, je l'ai dit, plus rien. Vers midi, le téléphone sonne longuement, lugubrement. Je décroche. Est-ce lui ? Est-ce Hella ? C'est Georges, le photographe de plateau. Un type que je n'ai fait qu'entrevoir. Ah ah ah ! Ah ah ah ! que veut-il, pensai-je ? Il ne va pas droit au fait.

– J'ai montré tes photos à mon amie Gilberte. Elle te trouve très bien, elle va te téléphoner.

Ainsi, Marie-Michelle avait-elle donné à Georges les photos que je lui avais montrées.

– Il y a de l'argent à prendre et c'est une maison tout ce qu'il y a de plus chic. Que du beau linge. C'est la meilleure boîte de Paris. Ta vie va changer. Tu feras des rencontres, tu auras des opportunités. Du cinéma. Gilberte est réglo, pas de mauvaises surprises.

Moins d'une heure après, Mme Gilberte appela. Elle avait quelque chose à me proposer.

– Vous avez beaucoup de chance, mademoiselle. Ça n'arrive pas à tout le monde. J'ai montré vos photos à quelques personnes dont vous ne pouvez imaginer le nom, elles ont tout de suite accroché. J'ai immédiatement une proposition concrète à vous faire. Pour un coup d'essai, on peut dire que c'est un coup de maître. Beaucoup aimeraient commencer par une affaire de cette importance. Vous êtes lancée. Ensuite, vous pourrez demander ce que vous voudrez.

– Quel coup ? Mais quel coup ? Que voulez-vous dire ? ai-je bêtement répondu.

– Vous me suivez ? C'est le shah d'Iran. Il vous a choisie sans hésiter. C'est vous qu'il veut. Vous êtes son genre. Vous voyez ce que je veux dire ?

Je voyais ce qu'elle voulait dire.

– Nos conditions sont très correctes. Vous ne trouverez pas mieux sur la place de Paris.

– Je n'ai pas cherché, ai-je encore répondu.

– Peu importe. Nous sommes les mieux placés. Après ça, vous pourrez faire du cinéma, pour ne vous citer qu'un exemple. Nous vous proposons des clients triés sur le volet. Nous fixons le prix de la rencontre. Il se peut d'ailleurs que ce ne soit que pour escorter un diplomate étranger au restaurant ou à l'opéra, quand arrive une délégation. Si vous lui plaisez, vous accompagnerez le client à son hôtel et vous vous comporterez avec lui de façon à lui donner satisfaction, sans toutefois accepter les actes dégradants. Nous ne sommes pas de vulgaires proxénètes. D'ailleurs, vous serez libre de nous quitter quand vous voudrez. Nous partageons le montant de votre prestation à égalité. C'est généreux de notre part, car nous avons des frais. Vous gardez pour vous les cadeaux, s'il y en a. Ils sont parfois somptueux. Notamment dans le cas qui nous occupe. Le shah offre des bijoux de grand prix. Pour être à la hauteur des prestations que nous proposons à nos clients, nous vous offrons une mise à niveau. Car je suppose que vous n'avez rien. Je mets à votre disposition un petit appartement élégant, joliment meublé, une voiture, deux garde-robes complètes par an et, bien entendu, la manucure, le coiffeur, l'institut de beauté aussi souvent que le nécessitera l'importance de votre activité. Vous serez en toute circonstance impeccable... Vous êtes là ? Vous m'entendez ?

Je l'entendais.

– Venons-en à notre affaire. Le shah arrivera à Gstaad en fin de semaine prochaine. Il y passera quelques jours. Vous irez le rejoindre dans sa résidence. Avion jusqu'à Berne. Un chauffeur vous attendra à l'aéroport avec une limousine. Trois mille francs pour quarante-huit heures. Ce sera votre part. Puis-je compter sur vous ?

Puis-je, dois-je résister à la curiosité d'aller passer quarante-huit heures à Gstaad avec le shah d'Iran, dont on voit les photos tous les ans dans *Paris Match* ? Appartement, manucure, coiffeur, institut de beauté et des sous. Plus de Polytek, plus de rouleaux de printemps, plus de Vieux Salaud avec sa voiture bleu ciel. Quarante-huit heures dans les Alpes bernoises, que je n'ai jamais vues. Une seule petite fois. Mais soudain, ma petite Maman a déboulé en force dans ma conscience avec sa droiture morale, sa foi stalinienne, son culte du travail bien fait, son argent honnêtement gagné à la sueur de son front. Ma petite Maman avec son respect pour l'instruction et les professions libérales. Ma petite Maman et ses mandats télégraphiques, ses cris, ses larmes, ses admonestations. Puis-je lui faire accroire que le prince charmant s'est entiché de moi et que je suis pure comme au premier jour ?

J'entendis une petite voix blanche sortir de ma bouche :

– Madame, permettez-moi de réfléchir. C'est entièrement nouveau pour moi.

Mme Gilberte me dit une fois encore :

– Vous vous habituerez très vite mon petit. Votre vie va changer. Après le shah, vous n'aurez que du super haut de gamme. Je vous donne trois jours pour vous décider. Je vous rappellerai dans exactement soixante-douze heures. C'est-à-dire à la même heure. Cette offre ne se présentera pas deux fois.

Une phrase m'avait impressionnée plus que les autres : « Votre vie va changer. » Quitter la rue René-Boulanger pour un « petit appartement élégant et confortable ». Et si je ne donnais pas satisfaction au shah ? Et s'il me demandait ceci ou cela. Et si je refusais ceci ou cela, et que deux gardes du corps me jetaient dans la neige. Et si le secrétaire privé du shah téléphonait à Mme Gilberte pour l'informer qu'on n'avait rien pu tirer de moi. Remboursez ! Mme Gilberte ne floue pas ses clients. Surtout le shah d'Iran. Elle rembourse le fiasco d'une incapable. « Vous nous avez mis dans le pétrin. Je vous ai donné votre chance, et vous ne vous êtes pas montrée à la hauteur. Vous n'avez pas les dispositions requises pour travailler avec nous. »

Et si, au contraire, je donne satisfaction ? « Nous sommes enchantés. Le shah est enchanté. Il fera appel à vous chaque fois qu'il ira à Gstaad. Il sera enchanté… »

Trois mille francs en quarante-huit heures. L'avion, le chauffeur, les sommets enneigés, le déménagement, le petit appartement élégant et confortable, l'institut de beauté, le coiffeur et des fringues, ai-je pensé sans discontinuer pendant soixante-douze heures, en oubliant complètement ma petite Maman. Le mal qu'elle s'était donné pour me faire avoir de l'instruction et un beau métier, « avocat-dentiste-médecin-professeur ». Maman, ma petite Maman, n'apprécierait pas du tout que le shah ait dit : « C'est elle que je veux », d'une voix résolue. Il faudrait lui mentir. Mais ma petite Maman est fine mouche. On ne la lui fait pas. Elle ne se laisse pas avoir du tout. Quand mon grand camarade aux semelles de crêpe et aux pulls trop courts avait commencé en agitant ses longues mains, des phrases qu'il ne finissait pas, en face d'elle, au restaurant Goldenberg, rue des Rosiers, elle m'avait coulé dans l'oreille le plus trivialement du monde : « Il va me prendre pour une imbécile longtemps encore, celui-là ? C'est tout ce que tu as trouvé ? » Ma petite Maman avait l'art consommé de casser tous mes coups.

Impossible, donc, de faire avaler à ma petite Maman mon changement de standing. Fi de tout cela. Je suis libre. Mon corps m'appartient. Et cætera. Je vais envoyer au diable les imprécations de ma petite Maman.

J'étais persuadée que j'allais gentiment décrocher le téléphone et répondre tout aussi gentiment à Mme Gilberte que j'étais prête à ouvrir mes petites cuisses, à quitter ma petite culotte pour le shah d'Iran. Oui, jusqu'au troisième jour, jusqu'à cinq minutes avant l'heure convenue, j'étais persuadée que j'allais faire plaisir à Mme Gilberte, et que ma vie allait changer. Enchantée, Mme Gilberte me proposerait tout le nécessaire pour cette première prestation. « Venez nous voir. Il faut prendre vos mesures. Tour de taille, tour de poitrine, tour de hanches, carrure, pointure. Je présume que vous n'avez pas de bijoux. Nous avons tout un stock de babioles haut de gamme pour la première fois. Vous porterez ensuite ceux qu'on vous aura offerts. Et on vous en offrira. »

J'avais vingt-trois ans et ma petite Maman me répétait que j'étais déjà vieille, que j'avais tout gâché et que ma vie était foutue.

Tout ça était de la faute du photographe de plateau qui m'avait fait croire qu'il allait montrer mes photos à un réalisateur de cinéma qui recherchait quelqu'un précisément comme moi. Justine ou les infortunes de la vertu !

Une minute avant l'heure convenue, j'étais persuadée que j'étais dans les meilleures dispositions pour dire OUI à Mme Gilberte. Quand j'ai décroché, elle ne m'a pas laissé le temps de dire « OUI, JE VEUX BIEN ALLER À GSTAAD FAIRE CECI OU CELA AVEC LE SHAH D'IRAN ». Elle a attaqué d'une voix impersonnelle :

– Mademoiselle, il y a eu un léger malentendu qui ne change rien au fond des choses. Vous n'aurez pas affaire directement avec Sa Majesté mais avec son majordome, tandis que Sa Majesté vous regardera. Vous le verrez ou vous ne le verrez pas. Mais les conditions sont les mêmes.

– Le majordome ? Le majordome, me suis-je entendue bêtement répéter. Non, madame, avec le majordome, jamais.

Je n'ai pas eu le temps de répéter « avec le majordome, jamais », parce qu'elle avait déjà raccroché. C'était fini. J'étais à nouveau sous-locataire, menacée d'une expulsion imminente. C'est ma petite Maman qui allait être fière d'apprendre que je n'étais pas devenue une *kourve*, une *zoïne*, une *khounte* !

Alors, comme presque toujours dans pareille circonstance, elle prononcerait la phrase fatale : « Tu es partie de rien et tu n'es arrivée à rien. »

Mme Gilberte ne m'offrirait pas le coiffeur toutes les semaines. Un argument qui m'avait séduite entre tous. J'irai tout de même grâce aux mandats télégraphiques de ma petite Maman. « Mais qu'est-ce que tu fais de l'argent ! Où passe-t-il ? » Je me privais de manger pour aller chez le meilleur coiffeur de Paris. Plus exactement, je me contentais de rouleaux de printemps pour m'offrir le Figaro de l'avenue Franklin-Roosevelt. Passer deux heures, dont une à poireauter au milieu des bourgeoises et des célébrités qui ne se privaient pas de manger, me rassérénait. Respirer le même air, avoir les mêmes mains qui vous shampouinaient le crâne, entendre les mêmes propositions mielleuses : « Voulez-vous un soin revitalisant, énergisant, repulpant, restructurant, un sérum qui ajoutera de la brillance, de la force vitale à vos cheveux ? » Je n'avais pas de quoi même y penser et je déclinais d'une petite voix de souris. Quel privilège d'attendre une heure pendant laquelle j'écoutais Yves et Bruno, les coiffeurs vedettes, raconter leur vie déjantée et surtout écouter les confidences de Sheila, de Sylvie, de Françoise, de Madame la présidente, de Demis Roussos, de Chantal Goya, de Cloclo. Tous exigeaient Yves ou Bruno. Mais parfois ils déclinaient parce qu'ils allaient coiffer les princesses au palais de Monaco. Ou bien, « Génial ! », un émir leur envoyait un jet affrété pour le Proche-Orient où on leur confierait toute la maison royale. Ce genre de prestations leur aurait permis de ne pas travailler pendant un an. Ils allaient encore au George-V, au Crillon, au Plaza Athénée, au Royal Monceau. Yves dansait comme une fiotte en *brushant* Sylvie, Sheila, France Gall, Cloclo, Demis Roussos. L'été, il quittait l'avenue Franklin-Roosevelt pour travailler à Saint-Tropez. Seulement à partir de midi, parce qu'il passait toutes ses nuits au Papagayo. « On s'éclate au Papagayo », l'entendais-je roucouler. « Vivement le Papagayo », disait-il encore. « Tu ne connais pas le Papagayo ? me demanda-t-il avec un léger mépris. Ça alors, elle ne connaît pas le Papagayo. » Je lorgnais avec convoitise sa trousse dans laquelle s'accumulaient les billets de cinq cents francs. Merci Sheila, merci France, merci Françoise, merci Demis Roussos, merci Madame la présidente ! Bon week-end. Il connaissait le nom des enfants, des petits-enfants, des cousines, des belles-sœurs, des chiens et des chats, de la nouvelle bonne, de la cuisinière, du gardien de leur villa à Ramatuelle, du maître-nageur sur la plage de Pampelonne, du cuisinier sur la place des Lices. « Au revoir, Annabelle, ma chérie. Votre mari peint-il toujours ? Ah, il s'est laissé pousser la barbe ! Génial ! Passez dans la semaine pour un coup de peigne. Il y a toujours de la place pour vous à n'importe quelle heure. Ah, vous trouvez le blond trop jaune, vraiment ? Revenez demain, on vous fera une patine. Vous devriez penser à des extensions. Ça vous donnera plus de matière. Il faut compter une demi-journée, mais pendant ce temps, ma chérie, on pourra vous faire les mains, la beauté des pieds, et le maquillage si vous avez une soirée. Vous allez chez Castel, eh bien, justement ! J'adore, mais j'adore, Castel. »

Je me retrouvais sur le trottoir, *brushée* et laquée. J'observais les chauffeurs accoudés à leur limousine en train de griller des clopes en attendant que sortent Sylvie, Françoise, Sheila, France, Cloclo, Demis Roussos. Les « Idoles ».

7

Depuis que j'avais été engagée au théâtre Moderne pour jouer dans la pièce de Tadeusz Rittner, un épigone de Tchekhov, j'allais tous les jours en fin d'après-midi me faire monter une belle « choucroute » avenue Franklin-Roosevelt, aux frais de la production. Bouclée et enrubannée de satin blanc, je filais, en short et porteuse de bottes cavalières, jusqu'à la rue Blanche pour enfiler une tournure, un cache-corset, un corset lacé et baleiné, une robe en soie, des gants en dentelle d'Irlande, des bottines en cuir blanc. Tout allait pour le mieux ; on ne me demandait pas de danser. J'avais signé un contrat, j'étais payée, je ne *shnorais* plus ma petite Maman. Dans le monde juif d'Europe orientale, le *shnorer* était un homme sans moyens d'existence, luttant de l'aube jusqu'à la nuit pour emprunter quelques kopeks, c'est-à-dire de quoi acheter un morceau de pain et un verre de thé. « *Alte shnorer !* », disait mon père, quand on venait le taper. Insulte méprisante dans la langue yiddish, qui est généreuse, inépuisable, désopilante pour tout ce qui concerne la pornographie et les malédictions.

Les critiques tombèrent, désastreuses. Pièce ringarde, décor d'une banalité affligeante, mise en scène inexistante, du niveau d'un patronage. Comment de grands acteurs – moi exceptée ! – avaient-ils pu se fourvoyer dans ce désastre ?! Du jour au lendemain, la salle pleine de spectateurs satisfaits se vida. C'était un bide. Or, j'avais exhorté ma petite Maman à prendre le train pour venir me voir exercer mes talents dans une affaire sérieuse. Elle vint. Ma petite Maman se retrouva dans la salle en compagnie de cinquante spectateurs. Nous attendions dans nos loges l'appel du régisseur pour entrer en scène. Soudain, le patron et propriétaire du théâtre débarqua en coup de vent, nous rassembla dans les coulisses et nous annonça d'une voix « patronale » : « On arrête les frais. Stop. Je ne peux pas continuer à boire le bouillon. Déshabillez-vous, rentrez chez vous. J'ai dit au régisseur de descendre le rideau de fer, et à la caissière de rembourser. Ne vous inquiétez pas, vous serez payés. » Les acteurs de la Comédie-Française crièrent qu'ils étaient indignés, scandalisés. Jamais, jusqu'à ce jour, on ne les avait mis à la porte de leur théâtre. Jamais on ne les avait empêchés de jouer, alors que des spectateurs étaient déjà assis dans la salle. Ils firent valoir que cette décision constituait une insulte non seulement à eux-mêmes mais aussi au public. « Rien à faire », répondit-il. Le patron ne voulait plus perdre un centime dans ce fiasco, même, ajouta-t-il, si son épouse jouait le premier rôle au milieu de ses camarades de la Comédie-Française. Incrédule, ma petite Maman regarda l'habilleuse me déshabiller. Elle ne pleurait pas souvent parce que, sinon, elle aurait pleuré tout le temps. Alors, ce n'était pas la peine. Mais me voir ôter ma robe, mon corset, ma tournure, mes bottines, pour repasser mon short et mes bottes cavalières, c'était plus qu'elle n'en pouvait supporter.

Dans la rue Blanche, les cafés fermaient. J'accompagnai ma petite Maman à l'Hôtel de France, rue du Caire, où le gardien de nuit depuis le temps qu'il la connaissait était incapable de se remémorer son nom.

8

Haba aleinou letova. « Puisse-t-Il nous être bénéfique », récite-t-on pendant le *Seder* de *Pesakh*, la Pâque juive.

Je n'attendais plus rien du Vieux Salaud, qui n'était pas venu assister à la première au théâtre Moderne. Le régisseur m'avait apporté dans ma loge quelques télégrammes ce soir-là, un bouquet de fleurs aussi, mais rien de lui. Il n'était pas non plus venu après. Puis, nous avions reçu notre avis d'expulsion, avec effet immédiat. Les comédiens du Français, offensés, avaient tardé à ôter leurs costumes, fausses moustaches et perruques. Tandis que moi, comme je l'ai dit, habituée à ce que tout finisse mal, je m'étais docilement laissé déshabiller devant ma petite Maman qui pleurait. Elle était venue, je l'ai dit, exprès pour moi et je crois bien que si je ne l'en avais pas vigoureusement dissuadée, elle serait allée plaider ma cause devant le directeur du théâtre Moderne, en lui racontant qu'elle avait pris le train, le taxi, réservé une chambre d'hôtel pour assister au spectacle dans lequel jouait sa fille, à qui il avait signé un contrat.

Le régisseur prit la relève du directeur et demanda aux acteurs du Français, toujours costumés, de se dépêcher, car il allait fermer la boutique. Mais ils se figuraient, eu égard à leur statut, qu'en résistant on les laisserait jouer une dernière fois, pour l'honneur. Le régisseur s'impatienta. Il menaça d'éteindre les lumières dans les coulisses et les loges. J'entendis parler de recourir à un avocat, au syndicat des acteurs, tandis que, soudain, tout fut plongé dans l'obscurité. Nous sortîmes dans la rue Blanche déserte, ma petite Maman et moi, et arrêtâmes un taxi pour nous rendre à l'Hôtel de France, rue du Caire.

Il me vient à l'esprit que je n'ai jamais revu mes fugitifs camarades du Français et qu'on avait volé dans ma loge des flacons de parfum que mon ami et tendre Raymond m'avait fait porter l'après-midi même. Raymond, le meilleur homme que j'aie connu, et moi, la pire avec lui sans raison aucune. Excepté celle que je ne pouvais me voir telle qu'il me voyait, c'est-à-dire volant vers mon succès sans le moindre doute. Il m'encourageait, m'écrivait des lettres poignantes, et me donnait des chèques. Il m'invitait chez sa tante, une vieille fille aristocrate et antisémite. Je hurlais de rire quand elle désignait les Juifs par le terme de « besogneux », car prononcer le mot « Juif » lui aurait souillé la bouche. Ils vivaient dans un immense appartement totalement délabré du côté des Champs-Élysées. Raymond m'enseignait comment cuire à point les spaghettis, comment confectionner l'omelette moelleuse, mais pas gluante, comment aussi faire revenir une escalope, d'abord à petit feu afin d'évacuer l'humidité, en finissant par la faire rissoler en terminant la cuisson. Après le déjeuner – toujours le même menu : spaghettis, escalope, omelette, salade – nous nous dirigions vers sa chambre, envahie de colonnes de livres vacillantes, qu'il fallait contourner pour atteindre son lit. Là, nous buvions un café très noir, et Raymond se roulait un joint. Il me fit expérimenter la chose. Aucun effet sur moi, si ce n'est que je m'endormis profondément. Au réveil, nul souvenir, nulle vision. La salle de bains, très claire, contrairement au reste de l'appartement, était si vaste qu'on aurait pu facilement y installer la bibliothèque. Je m'asseyais dans un fauteuil à au moins cinq mètres de la baignoire où Raymond somnolait tandis que je lui faisais la lecture du *Monde*. Quand il sortait de son bain, il m'emmenait à la rédaction du nouveau magazine, dont il était un des fondateurs. C'était, je m'en souviens, rue de Richelieu, près de la Bibliothèque nationale. Tous les journalistes parlaient selon des codes, un idiome qu'il était urgent d'adopter, sous peine de passer pour un ringard, voire un suspect, et être exclu de la bande. Le *witz* viennois, ou trait d'esprit freudien, était également de rigueur en toutes circonstances.

Un des refrains dont ils étaient fiers était : « Dur ! Dur ! Dur ! Ah là là ! C'que ça peut être dur ! » Ou encore : « Dehors, les nanas, on fait un polit-bureau. » Et dire que nous obtempérions ! J'appris au cours de longues nuits à corriger les ozalids à l'imprimerie, rue de la Lune. On rentrait vers 5 heures du matin chez la tante aristocrate et antisémite. Le jour se levait et nous n'avions pas sommeil.

Les autres de la bande habitaient dans un château à Vincennes dominant la Marne. Cette aristocrate demeure était la propriété du patron du journal. Ils vivaient dans une sorte de phalanstère où chacun observait et commentait les faits de la vie privée des autres dans une promiscuité cruelle et destructrice. Le patron, par sa seule position de propriétaire, commentait les petitesses de ses invités plus que tous les autres réunis. Seul Raymond avait refusé de voir sa vie scrutée à la loupe par ses collègues de la rédaction. C'était déjà assez de cohabiter de midi jusqu'à l'aube.

En vérité, vis-à-vis de Raymond, je n'étais qu'une ingrate attendant des nouvelles du Vieux Salaud. Je me disais et me répétais qu'il m'avait promis d'essayer une dernière fois. Et c'est précisément ce qu'il fit alors qu'il n'y croyait plus du tout. Après m'avoir trouvé du talent, et même plus, il ne m'en trouvait plus du tout. Mais, finalement, un producteur sérieux lui avait dit qu'il marchait dans cette affaire-là, et qu'il allait s'occuper de trouver un diffuseur sur le champ. C'est encore ce qui arriva. Les producteurs acceptaient de presser et distribuer le disque. « C'est dans la poche ! » C'est ce que vint m'annoncer le Vieux Salaud un matin après m'avoir fait porter un pneumatique pour m'annoncer brièvement la nouvelle. « Ai trouvé preneur. Prépare-toi. Au boulot. J'arrive avec un contrat. »

Le directeur artistique des studios Philips avait dit à M. Philbert, le producteur du Vieux Salaud, « je vous fais confiance parce que, si vous voulez mon sentiment, ces chansons ne me disent rien du tout. Vous y comprenez quelque chose, vous ? Moi, rien de rien. C'est pas commercial mais on y va. »

Le Vieux Salaud monta quatre à quatre les cinq étages du 64 rue René-Boulanger. Il me présenta un contrat à signer entre lui et moi. Il allait s'occuper exclusivement de mes affaires. « Vous m'accordez l'exclusivité de prendre des contacts et de traiter en votre nom dans le domaine de la chanson aussi bien dans le domaine phonographique que dans celui du choix d'un agent pour les spectacles, tournées ou galas qui pourraient vous être proposés. J'assurerai en conséquence votre direction artistique dans ces deux domaines et en exclusivité. » Il était optimiste, l'accord portait sur une « première période de dix années ».

Après avoir écouté mon « souple », les ingénieurs du son déclarèrent que j'avais un très bizarre et rare défaut de prononciation. Il fallait absolument effacer cela. C'était l'accent yiddish de mes ancêtres, mais je ne leur ai pas dit. On m'envoya chez Mme Lebas, rue Ordener, apprendre à ne pas insulter le français avec mon accent yiddish. Un accent qui était somme toute un lien affectueux avec mon père et toute sa famille qu'on avait gazée à Treblinka, au mois de septembre 1942, comme je l'ai déjà dit, et comme je me plais à le répéter.

Au bout d'un mois de ce traitement, il ne restait plus rien de mon subtil accent qui avait offensé leurs délicates oreilles françaises. J'étais javellisée. Mais cet assainissement n'a pas suffi aux experts. Ils m'ont expliqué que mon nom, Kaganovsky, était susceptible de sembler bizarre et qu'aucune chanteuse au monde portant ce nom ou quelque chose d'approchant – Frydman, Goldman, Wolferman, Weitzman, et cætera – n'avait jamais fait carrière sous le bleu du ciel de France. C'était à prendre ou à laisser, on n'imprimerait pas le nom Kaganovski sur une pochette de disque française. Un nom à consonance américaine, oui certainement, mais jamais de la vie Kaganovski, Goldman, Weitzman, Weizenbaum, Weinblum, et cætera. J'acceptai de vivre sous une fausse identité. J'eus le sentiment de plonger dans la clandestinité, sans le danger, évidemment.

On enregistra toute la nuit au Studio 10, rue de Washington, avec des *cachetonneurs* de l'Opéra, avec qui je n'avais pas eu droit à une seule répétition, pour économiser. Il fallait faire l'affaire du premier coup. Le Vieux Salaud dans la cabine technique ordonnait : « On y va, ça tourne. » Ou bien : « Encore une prise pour plus de sécurité. » Et finalement : « C'est dans les tuyaux. » Et ainsi de suite jusqu'à 2 heures du matin, toujours pour économiser. Le producteur, M. Philbert, était assis à côté de l'ingénieur du son pour découvrir ce qu'il avait acheté *blind* en toute confiance au Vieux Salaud. Entre deux prises, pendant que les *cachetonneurs* accordaient leurs instruments, il s'adressait à moi par le micro de la cabine technique.

« Je ne comprends pas un traître mot de ce que vous dites, mon petit. Articulez bon sang ! » Je répétais lentement. Il roulait des yeux incrédules. « C'est bien ça que vous avez dit la première fois ? Mais j'affirme que ça ne veut strictement rien dire. Ça ne veut rien dire du tout. C'est sûr, je vais prendre le bouillon. »

M. Philbert avait fait confiance au Vieux Salaud parce qu'on le savait capable de fabriquer d'immenses succès avec des gens que personne, à part lui, ne voulait entendre. Et soudain, comme par enchantement, tout le monde voulait précisément les entendre. Le Vieux Salaud les faisait enregistrer à peu de frais dans le petit studio de la rue Jenner. Il leur signait un mauvais contrat, vendait les textes et la musique à M. Philbert. Quand la mayonnaise prenait, ils étaient gagnants sans avoir pratiquement levé le petit doigt. Ils avaient donc fait quelques bons coups ensemble. Voilà pourquoi M. Philbert m'avait acheté *blind,* ainsi que je l'ai dit. Avant de monter dans sa limousine, dont la porte était tenue respectueusement ouverte par son chauffeur, avec casquette, il avait marmonné : « C'est invendable, ce machin-là. Où l'avez-vous dégotée, cette fille-là ? »

J'avais déçu M. Philbert, qui était rose comme un petit cochon. Mais je ne lui ai pas répondu qu'avant d'être connu, on est forcément inconnu.

Le Vieux Salaud a congédié les musiciens. « Merci, messieurs. » Ils remballèrent leurs instruments et sortirent sans un mot. C'était un cacheton, rien de plus. Nous nous sommes retrouvés, le Vieux Salaud et moi, sur les Champs-Élysées déserts. Il portait comme toujours son manteau tibétain, un jean pas très net et des Rangers, souvenir de la guerre d'Indochine. Il me raccompagna rue René-Boulanger dans sa Peugeot bleu clair, dont j'avais crevé les pneus, ce dont je me repentais en silence. Il me convoquerait pour assister au montage, mixage, *editing*. On allait dessiner la pochette, prendre des photos, écrire un texte de présentation. Le lendemain, pour me calmer, je me suis ruée rue de la Montagne-Sainte-Geneviève jusqu'au Polytek, avec une pile de journaux sous le bras. J'espérais que ce truc, lire les journaux au Polytek, avec ma sous-location payée pour un mois par le Vieux Salaud, me rassérénerait.

Le Vieux Salaud ressentit soudain comme particulièrement important de contrôler mes faits et gestes. Il veillait à ce que je me tienne tranquille, que je ne fasse aucune bêtise – il savait que j'en étais capable, mais à quel point ? – jusqu'au moment où le disque, sorti des presses de l'usine de Louviers, serait glissé dans une belle pochette avec rabat en quadrichromie, puis distribué aux radios et aux disquaires. C'était l'aventure, telle que je l'avais attendue. C'était l'offrande que je destinais à ma petite Maman.

Chaque matin, je recevais un pneumatique contenant mon emploi du temps pour la journée et, le soir, le Vieux Salaud m'emmenait dîner chez le viêt de la rue Laplace. En dévorant notre *sukiyaki* pour deux, je suivais la progression noire et sinueuse des gros cafards le long des fils électriques.

Le Vieux Salaud projetait de me présenter à des gens importants. En réalité, disait-il, d'« abominables petits-bourgeois ». Il détestait tout ce qui était « bourgeois ». Et il appuyait successivement sur « bour » et sur « geois » (BOUR-GEOIS !) pour me faire comprendre que ces gens-là n'avaient pas la moindre idée de la musique ou de la poésie. Il m'emmena dîner chez ces gens importants, producteurs, journalistes, directeurs de salle, ceux qu'il traitait d'abominables petits-bourgeois et qui l'étaient certainement. Il vint de plus en plus souvent garer sa voiture rue René-Boulanger et dormir « chez moi ».

« Ça baigne », disait-il, « c'est dans les tuyaux », ajoutait-il, et il savait déjà comment exploiter mon hypothétique succès à ses propres fins. Nous passions donc la nuit dans le lit de Hella, l'artiste peintre, nous prenions le petit déjeuner en plein ciel, dans son palais poussiéreux, sublime, dont je ne me consolerai jamais de la perte.

Je méditais sur ce qui était en train de m'arriver et qui, selon les prédictions de ma petite Maman et du Vieux Salaud, qui avait voulu abandonner, ne devait pas arriver, et qui était arrivé quand même. Croyant lui apporter la preuve dérisoire que ce qu'elle avait pris pour mon imprévoyance n'était qu'une manière différente de « réussir dans la vie ».

Chaque jour, à midi, M. Philbert s'en allait déjeuner au Petit Riche, tout proche de la salle des ventes de Drouot. Il rentrait tard, jamais avant 15 heures, après avoir discuté quelque affaire devant une tranche de foie gras et un verre de sauternes. Son bureau se trouvait à l'entresol obscur d'un immeuble de l'étroite rue Rossini. Tandis qu'il déjeunait, je faisais durer un sandwich et un verre de thé sur son bureau, en prenant garde de laisser les lieux impeccables tout en téléphonant pendant une heure à ma petite Maman. Je l'assommais de longs discours pour lui démontrer que bien que je me fus dirigée exactement dans la direction opposée à celle qu'elle m'avait indiquée et choisie pour moi, j'étais partie de rien et arrivée à quelque chose.

Je ne pense pas que, malgré mes raisonnements filandreux et profus, je l'aie convaincue de quoi que ce soit. Comme elle disait trivialement, je lui pompais l'air.

– Tu me soûles !

– Mais Maman, ma petite Maman chérie, j'ai signé un contrat avec M. Philbert, directeur des Éditions parisiennes, et lui m'a vendue à la compagnie Polydor. Qu'est-ce que tu dis de ça ?

– Tu ne me dis pas combien ça te rapporte. Si tu avais écouté mes conseils, fait des études sérieuses...

Elle m'envoya un manteau en peau de lapin, afin que je puisse me pavaner au bras du Vieux Salaud, vêtu d'un smoking et d'escarpins vernis, aux premières de ses artistes à l'Olympia. Elle m'évita ainsi l'occasion de céder à la compulsion d'en voler un, dès que l'occasion m'en aurait été donnée. Au moins en rêve. Car les manteaux, c'était beaucoup plus difficile que les savons parfumés délicatement au tilleul d'Orsay.

Quand j'ouvris le paquet-poste « urgent », en provenance de la boutique Marie-Louise, et aperçus, pliée dans du papier de soie, la fourrure, je fondis en larmes. Un très chic manteau en lapin ! Et dire que j'avais levé la main sur ma petite Maman, et que ce geste ne serait jamais effacé ! Dire que j'avais voulu la frapper, elle qui était, et est toujours, ce que j'ai de plus cher au monde. Mais plus elle m'était chère, plus j'exigeais d'elle. J'effrayais ainsi Maman, qui avait déjà eu assez peur pendant toute sa vie.

Dans son enfance et les années de sa jeunesse, elle avait vécu dans une affreuse laideur, une affreuse pauvreté, sous la férule d'un père affreusement violent, lettré, communiste et amateur de femmes. Il n'appliquait pas à lui-même et à sa famille ses généreuses idées de félicité universelle. Chez lui, il était un tyran impétueux, aux colères volcaniques. L'ulcère à l'estomac dont il souffrait et dont il mourrait quelques décennies plus tard, ne faisait qu'aggraver l'état imprévisible de son humeur. Étranger indésirable sur le sol français, on l'avait arrêté en 1930, lui et sa compagne, une femme vertueuse, qu'il traitait de *kurvè*, pour activités politiques illégales. Il existe un tirage sur *cartoline*, virage sépia, où l'on voit mon grand-père au milieu de ses camarades alignés sous la banderole du *Kulturkampf* en caractères yiddish. Maman était allée le voir au parloir de la prison de Metz. Il espérait être libéré sous peu, mais Anna, sa compagne, préférait de loin la vie en prison, qu'elle qualifiait de maison de repos. Elle y serait bien restée, vaquant comme lingère au repassage et au raccommodage. Pendant que son père attendait sa libération et son expulsion du sol de France, Maman, en rentrant de l'école, collationnait des sacs de chiffons chez les tailleurs juifs de la ville, lessivait les escaliers et les planchers, reprisait les chaussettes, lavait le linge à la pompe parce qu'il n'y avait pas l'eau courante. Elle n'avait connu que la promiscuité et la laideur. Il n'y avait donc rien de surprenant à ce qu'elle ait placé toutes ses économies dans la construction d'une villa néomexicaine, avec une tour dominant l'autoroute, fausses poutres apparentes, crépi archi blanc, piscine et jeu de boules. Par goût du neuf, Maman avait tout fait vernir, les fausses poutres posées sur le béton des plafonds, les vieux buffets qu'elle avait massacrés en les faisant reluire comme un parquet vitrifié. Tout devait briller et respirer le propre chez ma petite Maman. C'était kitsch. Et ce mot convient parfaitement puisqu'il est issu du lexique de la langue yiddish.

Depuis que j'avais reçu le manteau, depuis que le Vieux Salaud m'avait momentanément prise sous son aile protectrice, je ne cédais plus à la compulsion de chaparder des savons parfumés, je ne pensais plus à me suicider et je me repentais d'avoir voulu lever la main sur Maman, armée d'un couteau à viande, un jour où elle m'avait dit combien je la décevais, combien je l'avais toujours déçue, combien je l'avais déçue de toute éternité, combien j'étais une traînée, une Marie-couche-toi-là. S'étonnant de mes projets de mariage, dont je lui avais fait la confidence, elle avait commenté. Qui était celui qui voulait se commettre avec une « fille perdue » comme moi ? J'avais alors esquissé ce geste, levé mon bras, brandi le couteau en direction de son bras, mais Albert, le nouvel ami de Maman, m'avait retourné le poignet et désarmée. En hurlant, Maman courut se jeter par la fenêtre. Albert la rattrapa, et la serra contre lui, tandis qu'elle sanglotait. Après avoir levé la main sur Maman, dans le but de lui planter mon couteau dans le bras, bien des années plus tard, je résolus de la faire revenir sur son opinion selon laquelle je l'avais déçue de façon irréversible. Et j'y arrivai presque un soir de novembre quand, ouvrant la télévision à l'heure du repas, elle eut la surprise de m'entendre pendant trois minutes au journal télévisé. J'étais apparue, candide, chantant ma chanson devant le micro du Studio 10, rue de Washington. Aussi surprise qu'elle, je crus que mon passé se dissolvait. Le Vieux Salaud qui n'en espérait pas tant et aussi vite m'exhiba partout. Lui, 45 ans, belle chevelure poivre et sel, yeux verts, teint mat et moi, 24, filiforme, tremblante et n'espérant qu'une chose, vivre éternellement sous l'aile protectrice du Vieux Salaud. Un vrai papa, mais il ne voulait pas. Des enfants, il en avait à revendre et les pensions qu'il versait chaque mois pour les avoir conçus ici et là décimaient son salaire de directeur artistique de haute volée.

Il arriva un jour rue René-Boulanger, avec son porte-habit contenant son smoking, sa chemise empesée, son gilet, ses bretelles, son nœud papillon et la paire d'escarpins vernis qu'il venait d'acheter pour ses prochaines premières à l'Olympia. C'était une preuve irréfutable ; même quand il n'était pas là, quand il ne me téléphonait pas de la journée, quand j'ignorais où il pouvait se trouver, quand il ne m'envoyait pas de pneumatique pour me communiquer des nouvelles urgentes, il me suffisait de porter mon regard sur le porte-habit, sur le smoking, sur la paire d'escarpins vernis neufs pour croire à mon avenir.

On me faisait des compliments – la chose dont j'avais le plus besoin au monde – on m'entendait à la radio, mais, aux yeux de M. Philbert, c'était peu de chose. Il se faisait communiquer chaque jour les chiffres de ventes et me disait, en revenant du Petit Riche : « Eh bien, j'avais raison. Vous ne vendrez jamais assez pour engendrer des bénéfices. Encore heureux, si je fais les frais. Je l'avais bien dit, quelle idée de choisir des textes auxquels je ne comprends rien. Parce que si je ne comprends pas, ma belle, les autres non plus. Où l'avez-vous trouvée cette délinquante, à peine sortie de prison ? Une voleuse, tout de même. Et vous la glorifiez. Et on la glorifie. C'est le monde à l'envers. Vous m'avez fourgué une petite voleuse de rien du tout. » Oui, une voleuse, une vraie celle-là. Et un écrivain aussi.

Revêtue de mon manteau en peau de lapin, je descendis sur le boulevard de Bonne-Nouvelle pour m'acheter un sandwich et guetter ma silhouette dans les vitrines. Ce soir-là, quand le Vieux Salaud vint me chercher pour m'emmener à l'Olympia, il examina ma tenue, et jeta un regard incrédule sur mon manteau en lapin, qu'il n'avait pas encore vu. Il me demanda où je l'avais volé. Je devais lui dire sur-le-champ, avouer où je l'avais piqué, et dans moins de cinq minutes il allait le découper en petits morceaux et le balancer dans la Seine. Je lui mis sous le nez le paquet-poste Marie-Louise – robes, manteaux, tailleurs pour dames et jeunes filles –, rue Nationale, Villefranche-sur-Saône.

Le manteau en lapin, le Vieux Salaud, les radios, les magazines, la télévision, l'Olympia. Soudain, j'existais. J'entendis murmurer dans mon dos : « C'est la petite qu'il a lancée. Il la montre un peu partout. » Le mur d'impossibilité qui s'était dressé devant moi quand le Vieux Salaud était venu me rendre mon souple parce que j'étais invendable, et la jeune poétesse kleptomane auteur des poèmes que je chantais également, avait soudain disparu. Était-il possible que parfois la vie fût aussi amère et, soudain, presque douce ?

Jean-Michel Boris, le directeur de l'Olympia, serra la main du Vieux Salaud, lui passa le bras autour des épaules et, tout en me jetant un regard latéral, lui demanda : « Alors, c'est elle, la petite dont tu m'as parlé ? On en reparlera un de ces jours. Mais, oui, pourquoi pas ? » Le Vieux Salaud faisait des baisemains et souriait de toutes ses dents parfaitement blanches et alignées quand ses artistes venaient le congratuler. Il était venu assister au triomphe de sa dernière « affaire », devenue une star. Une grande jeune femme brune, au visage d'oiseau, aux cheveux courts et sculptés, à l'œil charbonneux, à la voix claire et mélancolique, toute vêtue de noir, dont personne n'avait voulu, excepté lui et M. Philbert. Lui aussi était là, savourant sa victoire, en costume bleu marine, avec la légion d'honneur à son revers. En attendant la gloire qui ne venait pas, la star avait fait la plonge dans le cabaret où elle se produisait, et qui était devenu sa seconde maison. Seul le Vieux Salaud avait dit d'elle : « Elle a l'étoffe d'une star. Un jour ou l'autre, vous verrez ! »

Et, maintenant, elle chantait à tous ceux qui l'avaient virée et méprisée pendant des années « Ma plus belle histoire d'amour, c'est vous ». Et c'était sans doute vrai. Après trente saluts, *bravi !* et rappels, nous l'attendîmes au Bar Romain, rue Caumartin, où elle fit majestueusement son entrée, flanquée de ses deux secrétaires, ses clones, vêtues de noir, comme elle. Trois oiseaux de nuit à l'air féroce, qui me jetèrent un regard dédaigneux et distrait quand le vieux Salaud me poussa vers leur table. Elles avaient des yeux de loup, mais loup je n'étais pas et ne serai jamais. Je me remis à douter sur mes capacités de faire mon chemin dans la vie.

Quelques semaines après que le Vieux Salaud eut disparu de mon existence en abandonnant ses escarpins vernis, je les sortis de leur boîte en carton épais et doré. L'étiquette se trouvait encore dans le papier de soie. J'examinai les semelles, qui avaient perdu leur brillant d'origine et portaient une légère trace grisâtre et granuleuse qui excluait tout espoir de les rapporter à la boutique pour les échanger contre une paire qui m'aurait plu. Le porte-habit prenait la poussière. M. Philbert m'informa qu'avec les quatre mille disques vendus il avait tout juste fait les frais. Il me conseilla de « changer de genre. De la gaieté, de l'entrain, mon petit ! Plus de poèmes écrits par une chapardeuse ».

9

Le grand jeune homme nocturne aux semelles de crêpe et aux pulls trop courts réapparut soudain, et me donna rendez-vous au François-Coppée, sur le boulevard Montparnasse. Lui, le Bergotte de notre temps, me conseilla de faire dactylographier les pages du cahier d'écolier, que je lui avais données à lire. Contrairement à son habitude, il était arrivé à l'heure, pressé, vêtu de neuf. Un long imperméable mastic à la Humphrey Bogart, un jean impeccable, une chemise impeccable. J'examinai le chic de sa mise, tandis qu'il tentait de me persuader que je n'arriverais jamais à rien. « Toute seule, tu n'arriveras jamais à rien », répétait-il en riant convulsivement. « Quand on est seul, tout ce qu'on tente ne sert à rien. » Il existait des opportunités magnifiques dans la vie, mais encore fallait-il savoir les saisir. Ne pas se tromper. Ne pas choisir les pires, mais les meilleures. Fébrile, il sortit une enveloppe de son portefeuille et la déposa devant ma tasse de café. « C'est pour toi, une chanson. Refile-la à ton directeur artistique. »

La troublante histoire d'une petite fille marchant dans la grande ville avec ses petits souliers, et disparaissant à jamais.

« Il y aurait dit-on, dit-on / des tas de méchants chats bottés / Qui risqueraient de m'attraper / Et de très gros bœufs mironton / Qui marcheraient sur mes souliers / Mes tout petits petits petons / Mais soudain la nuit est tombée / Je suis perdue. Sait-on, sait-on / Si l'on retrouvera jamais / La trace de mes petits souliers / Mes tout petits petits petons. »

Je voulus montrer cette merveille de toute urgence au Vieux Salaud. Lui envoyer un pneumatique. Téléphoner à sa secrétaire.

« Il est en réunion, il est à l'extérieur, il est en déplacement, il est en studio, laissez un message. Je lui ai déjà dit que vous avez téléphoné. Je ne l'ai pas vu aujourd'hui. Oui, il appelle tous les jours. Ah, c'est encore vous ! On peut dire que vous avez de la constance. Je ne sais pas quoi vous dire. Il passera dans la soirée, j'en suis sûre. Je vois un rendez-vous vers 19 heures. Je ne serai pas là, mais essayez de passer. »

Dans le grand café désert qui occupait l'angle de la rue Dauphine et du quai des Grands-Augustins, je m'étais donc mise à écrire ce qui venait, comme ça venait, dans un grand cahier d'écolier ligné et quadrillé. Encre bleu des mers du Sud. J'avais informé ma petite Maman de mes nouvelles dispositions studieuses. Elle ne devait pas désespérer de moi qui avais fui le lycée pour suivre des théâtreux, qui avais changé de direction, fait pour ainsi dire demi-tour puisque pendant des années, jusqu'à la quasi-fin de la terminale, j'avais pris chaque matin la même direction pour me rendre au lycée, cette grande bâtisse carrée et grise qui trônait sur une petite place, au bout de la rue du Bon-Pasteur. Chaque matin, en m'éveillant, je me rappelais l'horreur que m'inspirait le fait de me lever, alors qu'il faisait encore nuit, d'avaler le bol de café au lait que j'exécrais, d'attraper mon cartable, de descendre les escaliers obscurs, puants, exposés à tous les vents du 1, rue Duviard, rue détestée entre toutes, de traverser le boulevard de la Croix-Rousse, d'emprunter la longue traboule, en fait une interminable volée d'escaliers qui s'achevait brutalement à la fin de la rue du Bon-Pasteur, en face du lycée. Le péristyle, la sonnerie stridente annonçant l'imminent commencement des cours, le bureau du proviseur, devant lequel je pressais le pas, éternellement coupable. L'odeur fétide des salles de classes jamais aérées, rarement balayées. Dans ces pièces vastes, hautes de plafond, des ampoules de faible voltage se balançaient au bout d'un interminable fil, sans abat-jour. L'estrade, le tableau noir, le bureau du professeur. Et quarante filles boutonneuses et ricaneuses.

Un matin, sans l'avoir réellement prémédité, j'avais trouvé la force d'interrompre mon cheminement sur la route qu'avait tracée Maman, qui voulait à travers moi réparer le tort qu'on lui avait fait. La petite Juive de 16 ans, poussée sur la route à la sortie de son lycée, montée dans un train bombardé quelques kilomètres plus loin, puis partie à pied sur les routes de l'exode avec un groupe de femmes et d'enfants juifs fuyant les Allemands.

Le jour où j'avais renoncé, pris cette décision fatidique, j'avais soupiré d'aise, puis, presque aussitôt, un sentiment de terreur m'avait envahie. Subitement, je me sentis exclue du lycée, du grand bâtiment gris qui me désignait somme toute une place dans le monde. En même temps, je fortifiais ma décision en me représentant la classe poussiéreuse, malodorante, lourde de l'odeur des corps de quarante filles pubères et mal lavées. Libre, il ne me restait plus qu'à me tuer, car je n'avais plus de place dans le monde. Je n'avais plus de livres à ouvrir, plus de leçons à apprendre, plus de devoirs à préparer, plus de dissertations philosophiques à rédiger. Devant moi, le vide. J'avais rêvé de liberté, et, à présent, la liberté m'oppressait. J'avais abandonné définitivement un avenir radieux. Je ressentis une angoisse mortelle. En un instant, en décidant de ne pas entrer au lycée, alors que je me trouvais devant sa porte, j'avais inversé irrémédiablement le cours de mon existence. Il n'y avait plus de choix. Ceci ou cela, mais seulement cela. Qu'est-ce que je vais faire maintenant ? Mais qu'est-ce que je vais faire maintenant ?

J'avais cru trouver le bonheur en décidant de ne jamais plus franchir la porte du lycée, alors que j'étais à la veille de l'examen. C'était donc le pire qui allait advenir, comme ma petite Maman l'avait prophétisé. Je n'avais plus toute la vie devant moi. C'en était fini de moi. Un effondrement.

Dix ans plus tard, ma petite Maman en eut assez de moi. Surtout, depuis que je lui avais avoué que je passais mes après-midi à noircir des pages sur une table du café des Grands-Augustins. Si je m'étais imaginé qu'elle allait financer cela, eh bien, non. Et cætera. Elle m'avait offert un manteau en lapin pour aller à l'Olympia, et avait cru qu'enfin je disparaîtrais d'une certaine manière de la plus oppressante partie de sa vie.

En me rendant mon cahier d'écolier à spirale, couvert jusqu'à la dernière page d'une écriture torturée, bleu des mers du Sud, le jeune homme à l'imperméable m'avait fait don de son poème délicieux, qu'on devait mettre en musique. Il voulait ainsi se faire pardonner de m'avoir fait vider du cabaret de la rue Jacob, où je me produisais vers 22 heures, et où il m'avait accompagnée chaque soir pendant la courte période où j'avais été engagée. Dans l'étroite loge où je me préparais, et qui servait aussi de régie, il y avait un téléphone mural. Il n'avait rien trouvé de mieux que de décrocher un soir à la place du régisseur, en train de régler les projecteurs. Il avait répondu à la patronne – car c'était elle – qui voulait s'informer du bon déroulement des préparatifs du spectacle. À cette femme, oui, il n'avait rien trouvé de mieux que de dire d'une voix veloutée et provocante : « Ici, la Gestapo. »

Et c'est bien ainsi qu'elle l'avait compris. Dix minutes plus tard, elle arriva pour nous foutre à la porte tous les deux. Moi, l'innocente, et, lui, le coupable. La Gestapo, lui dit-elle en serrant les dents, elle l'avait connue personnellement. « Pauvre petit con », lança-t-elle au grand échalas, en nous sommant de disparaître.

Elle me jeta en travers de la figure ma blanche robe de scène lorsque je fus sur le trottoir.

« Pas mal, pas mal du tout. Mieux que ça, très joli, ce texte. Ça vaut le coup d'enregistrer », avait commenté le

Vieux Salaud, que j'avais réussi à coincer un soir tard dans le couloir de son bureau de la rue Jenner.

« On va faire ça », avait-il ajouté. Et on le fit le dernier soir de décembre jusqu'aux petites heures du 1er janvier, parce que le studio était loué à moitié prix, vu la date.

« Encore de la littérature, avait soupiré M. Philbert des Éditions parisiennes, encore de la littérature. Vous me la copierez. » Le Vieux Salaud avait engagé les mêmes *cachetonneurs* de l'Opéra, et l'on avait enregistré, monté, mixé, édité jusqu'au matin, comme je l'ai dit. M. Philbert était passé en coup de vent, avait écouté et constaté : « Aucun rythme. Ça ne balance pas. Aucune chance. »

Je me demandais à présent où était mon avenir. Le Vieux Salaud m'avait déposée rue René-Boulanger et j'avais vu une fois encore sa voiture bleu clair disparaître au coin de la rue, devant la sortie des artistes du Théâtre de la Porte-Saint-Martin. Je montai les cinq étages en sachant que ma présence dans ce palais de la nostalgie n'était plus qu'une question de jours. J'attendais à présent, plus seule que jamais, celui qui sauverait mon existence.

III

1

Je me rappelle, c'était un 13 janvier à l'aube, dans un hôtel du quartier du Marais à Paris. Une petite chambre décevante pour une façade et un salon qui m'avaient fait rêver à cause du nom de l'établissement : Beaumarchais. Chambre étroite, basse de plafond, prenant jour par de modestes fenêtres garnies de persiennes, illuminées par l'enseigne. Jusqu'aux petites heures, j'entendis les bruits monter de la rue.

Quand le téléphone sonna, il faisait encore nuit dans la chambre. Je reconnus une voix de femme, venue de Petakh Tikvah, une banlieue de Tel Aviv. C'était Anna, la cousine d'Emmanuel Moskovitch, mon « être de vie », comme je l'ai déjà dit et comme je le répète, car on ne saurait mieux dire. « Pourquoi si tôt ? », me suis-je demandé. D'un ton pressant, parlant très bas, elle me pria de lui dire d'urgence si son cousin était à mes côtés. Non, il n'était pas là.

– Est-ce grave ? ai-je dit, gagnée par un affreux sentiment de peur.

– Très grave, et extrêmement urgent.

– Mais quoi ?

Je le sus un instant plus tard. Yoram, le jeune fils de Moskovitch, s'était jeté trois heures plus tôt du cinquième étage d'une des tours Azrieli à Tel Aviv. Ces tours que l'on longe en voiture depuis le périphérique Ayalon.

Yoram était dans le coma au service des soins intensifs de l'hôpital Ikhilov.

Sans allumer, après une douche rapide, je m'habillai, jetai mes affaires dans ma valise, la traînai dans l'étroit couloir jusqu'à l'ascenseur, avec une atroce impression de déjà-vu : Avignon, la mort de mon père, le 31 août 1957. Je veux dire par là que j'étais persuadée qu'il n'y avait aucune possibilité d'espérer.

J'avais déboulé dans le hall et annoncé au veilleur de nuit qui s'apprêtait à partir que le fils de Moskovitch se trouvait entre la vie et la mort dans un hôpital de Tel Aviv, après que la police eût trouvé son corps ensanglanté au pied d'un gratte-ciel illuminé toute la nuit, et qui fait la fierté des habitants de la ville blanche horizontale, expression pure des architectes exilés du Bauhaus, mais qui est en train de devenir une ville verticale.

Le veilleur de nuit appela un taxi. Je l'attendis sur le trottoir dans le petit matin, à l'angle de la rue du Temple et de la rue de Rivoli.

À l'aéroport de Toulouse, j'aperçus le visage blême de Moskovitch. Il semblait calme, plutôt de glace, les lèvres bleuies. Il murmura ces mots : « Je savais qu'il le ferait. Comment, je l'ignorais, mais je m'y attendais depuis longtemps. Il n'avait plus la force de continuer. »

Nous passâmes une partie de la matinée à organiser notre voyage sur l'ordinateur, pour un départ dans la soirée. Moskovitch acheta un vol Lufthansa qui décollerait vers minuit pour Munich, où nous ferions une escale d'un peu plus de huit heures.

L'aéroport de Munich est immense. Nous avions traversé une enfilade de halls déserts avant de trouver la porte devant laquelle stationnait le minibus qui nous attendait. Il roula longtemps dans une obscurité profonde, avant de nous déposer devant l'entrée lugubre d'un hôtel qui se trouvait dans la zone aéroportuaire. Je me souviens que mon attention fut attirée par la présence dans le hall défraîchi d'une vache grandeur nature en matière plastique. L'hôtel avait dû être un établissement de luxe trente ans auparavant. On ne l'avait pas rénové.

La literie allemande si blanche, impeccablement repassée, les draps si doux, la couette légère et chaude nous engloutit.

Et soudain, nous fîmes l'amour comme deux naufragés, avec l'énergie érotique du désespoir. L'énergie des deux naufragés que nous étions. Soudés l'un à l'autre dans le silence. Nous, vivants, allant sans aucun doute possible vers la mort. Sans dormir, nous attendîmes 6 heures du matin pour nous habiller à la hâte. Il faisait encore nuit quand le minibus s'arrêta devant l'hôtel.

Nous entrâmes dans le terminal qui assurait l'enregistrement des passagers à destination d'Israël. Impossible d'atteindre le comptoir d'enregistrement et la salle d'embarquement sans parcourir une interminable série de couloirs, halls déserts, où des flèches, sans autre mention, nous guidèrent jusqu'à un passage couvert par une bâche, qui déboucha sur un nouveau hangar, lequel s'ouvrit enfin sur une lugubre salle d'embarquement bondée. Les vérifications de sécurité furent longues et fastidieuses. Le bus nous transféra très loin sur le tarmac au pied d'un avion totalement isolé, protégé par des véhicules de police, tandis que le jour se levait. Nous allions de la nuit de l'hiver de l'Europe vers le soleil du Proche-Orient.

Je me souvins alors que je n'étais pas venue à Tel Aviv depuis plus d'un an. Et, brusquement, au cœur de la tragédie, me revint en mémoire cet après-midi ensoleillé où, depuis le balcon de mon hôtel, j'avais observé dans un petit cimetière musulman à l'abandon une passe entre deux homosexuels.

Anna nous attendait à Lod. Moskovitch lui demanda d'une voix sourde :

– Quel est le pronostic ?

– L'électroencéphalogramme est très très bas. Il est probable que le cerveau soit endommagé. Respirateur artificiel. Toutes les fonctions vitales sont assurées par des appareils.

Nous montons au troisième étage. Service des soins intensifs, séparé des autres départements par une porte de verre s'ouvrant à l'aide d'un code. Dans le couloir, assise sur un banc, Vera, la grand-mère maternelle de Yoram. Fière et mauvaise, serrée contre sa seule fille encore en vie. Ancienne combattante des réseaux clandestins qui poussèrent au départ les forces britanniques en Palestine mandataire, elle ne s'autorise pas à montrer son désespoir. Elle nous jauge froidement, le visage de marbre, les yeux brûlants et secs.

Face au banc, un box dans lequel repose Yoram. Son corps semble intact, mais de son visage on n'aperçoit que la mâchoire inférieure, une barbe blonde et drue, des tubes sortant de sa bouche, et un énorme pansement sur des compresses, masquant complètement le front et les cheveux. Les épaules, le cou sont immobilisés par une minerve. Les yeux de Yoram, grands ouverts, sont figés et troubles, tel un verre opaque, presque décolorés. Le bras et la jambe gauche portent chacun un plâtre de petites dimensions. Le jeune homme est de corpulence robuste, un peu râblée, comme son père.

Moskovitch lui parle à l'oreille en hébreu. Il lui demande de se réveiller, de revenir. « Reviens, reviens, reviens », répète-t-il inlassablement.

Survient alors l'assistante sociale qui, en termes administratifs, relate les circonstances du drame. L'ambulance est arrivée avec le jeune homme vers 5 heures du matin. Il ne portait sur lui aucun papier d'identité qui pût permettre de l'identifier. La grand-mère, ayant découvert son lit vide, a averti la police de sa disparition, donné son signalement. C'était bien lui, Yoram, dont le pronostic de survie est faible. La psychologue arrive au chevet de son patient et explique « au père » qu'elle n'a rien pu empêcher, qu'elle a vu Yoram la veille au soir, et que son psychiatre l'avait également reçu deux jours auparavant. Oui, il était au plus mal, mais refusait catégoriquement d'être à nouveau hospitalisé.

Son dernier séjour dans un service spécialisé lui avait été odieux, et il avait juré que jamais plus il ne mettrait les pieds à l'hôpital des fous.

Ainsi, il avait été interné voilà peu de mois à nouveau à Abarbanel, l'hôpital des fous, et Moskovitch n'en avait rien su. C'était donc la raison du silence de Yoram, que Moskovitch avait expliqué par le ressentiment que son fils nourrissait envers lui. Voilà six mois, lors de son dernier appel, il avait commencé à dire à son père, d'un air mystérieux, qu'il était souffrant, et même plus que ça. Il lui était arrivé quelque chose de grave, très sérieux, très douloureux, mais il refusa d'en dire plus.

– Est-ce que tu souffres encore ? avait demandé Moskovitch.

– J'en ai pour longtemps, voilà ce que les médecins m'ont dit.

La psychologue nous pria de la suivre dans un bureau, poussa la porte dans son dos, et nous désigna des sièges.

Yoram s'était sévèrement mutilé, la blessure cruelle qu'il s'était infligée avait provoqué une hémorragie. Les plaies seraient longues à cicatriser, les séquelles douloureuses. Étaient-elles réversibles ? Ce n'était ni l'heure ni le lieu pour le demander.

Le neurologue rédigeait chaque jour son rapport, après avoir pratiqué des tests neurologiques approfondis toutes les quatre heures. L'état était stationnaire. À savoir, ni pire ni meilleur. Les petits mouvements des pieds et des orteils que nous avions remarqués ne pouvaient en aucun cas être interprétés comme des signes favorables. Il s'agissait de simples réflexes. La pression intracrânienne restait extrêmement élevée. L'œdème ne se résorbait pas. Le pronostic n'était pas favorable. Le patient n'avait que peu de chances de sortir du coma. Il s'agissait d'un état végétatif.

Moskovitch restait la plupart du temps à la tête du lit en murmurant : « Baisse, baisse, baisse... », en scrutant l'écran du moniteur qui affichait les fluctuations de la pression intracrânienne. Une infirmière vint nous dire que les visites étaient terminées dans le service des soins intensifs. « Revenez demain. Les résultats continueront d'être évalués toutes les quatre heures pendant la nuit. »

Le jeune Yoram reposait parfaitement inerte, excepté les légers mouvements des extrémités. Au moment où nous quittions le box, le neurologue insista encore pour qualifier l'état de Yoram de végétatif irréversible.

La vieille Vera, fixant sur nous ses yeux de glace, se leva lourdement, franchit la porte vitrée et disparut dans le couloir au bras de sa fille. Elles n'avaient rien à nous dire. Trente années de haine avaient abouti à cette mort annoncée.

Nous errâmes sur l'avenue Dizengoff à la recherche d'un restaurant. Ils y sont légion. Nous n'avions rien mangé depuis la veille. Nous devions nous résoudre à accepter le fait de nous nourrir, d'être partie prenante de cette vie sur cette avenue, une des plus animées de Tel Aviv. Je me suis sentie coupable d'avoir faim, de regarder les vitrines, de lever les yeux vers les immenses arbres au feuillage très dense et vernissé de l'avenue Dizengoff, qui parut à nos yeux parée d'une couleur sinistre, celle de la mort. Ce n'était plus la lumière qui m'aveuglait un an auparavant lorsque, depuis le balcon de mon hôtel, je regardais la mer et la scène qui se déroulait dans le petit cimetière musulman abandonné.

Soudain, comme pour m'excuser de ce souvenir parasite, j'ai rappelé à Moskovitch, à qui j'avais déjà raconté cette histoire, que dans *La Recherche* M. Swann, alors que son épouse défunte reposait après la mise en bière dans la chambre mortuaire, était sorti dans le parc en compagnie du grand-père de Marcel, le narrateur.

« Tout d'un coup, M. Swann prenant mon grand-père par le bras s'était écrié : "Ah ! Mon vieil ami, quel bonheur de se promener ensemble par ce beau temps ! Vous ne trouvez pas ça joli, tous ces arbres, ces aubépines et mon étang dont vous ne m'avez jamais félicité ? Vous avez l'air comme un bonnet de nuit. Sentez-vous ce petit vent ? Ah ! On a beau dire, la vie a du bon tout de même, mon cher Amédée !" Brusquement le souvenir de sa femme morte lui revint, et trouvant sans doute trop compliqué de chercher comment il avait pu à un pareil moment se laisser aller à un mouvement de joie, il se contenta, par un geste qui lui était familier chaque fois qu'une question ardue se présentait à son esprit, de passer la main sur son front, d'essuyer ses yeux et les verres de son lorgnon. Il ne put pourtant pas se consoler de la mort de sa femme, mais pendant les deux années qu'il lui survécut, il disait à mon grand-père : "C'est drôle, je pense très souvent à ma pauvre femme, mais je ne peux y penser beaucoup à la fois." »

Las de traîner dans la ville blanche, nous allâmes nous faire couper les cheveux sur Dizengoff, puis nous retournâmes prendre la voiture, garée non loin de l'auditorium

Mann, en voie de restauration. Un accablement s'était emparé de Moskovitch.

Il n'y avait plus que la mort autour de nous. Nous n'en doutions pas. Pendant des mois, Yoram avait dit et redit, sauf à son père, qu'il allait se suicider, que tout était sombre autour de lui et qu'il attendait seulement d'avoir la force de passer à l'acte. Où et comment ? Il n'avait pas encore décidé. Depuis sa sortie de l'hôpital, après qu'il eut guéri des blessures qu'il s'était infligées, il s'était enfoncé un peu plus dans le désespoir.

Le lendemain matin, nous nous retrouvâmes dans le box où Yoram était maintenu en vie par toute une batterie d'appareils dont l'activité se manifestait sur l'écran des moniteurs. Le médecin nous répéta les mots de la veille : état stationnaire, état végétatif. On continuerait de pratiquer les tests pour évaluer l'activité neurologique. Comme pour nous prouver qu'on faisait tout ce qui était possible pour sauver la vie de Yoram, le neurologue introduisit profondément une longue sonde dans l'œsophage et ne constata aucune réaction. Il commenta : « Rassurez-vous, le patient ne sent absolument rien. »

Pendant toute la durée de la visite, Moskovitch continua de parler à son fils, et prit des photos, qu'il chargea à notre retour à Paris dans son ordinateur, et qu'il passerait des heures à regarder sans rien dire.

La psychologue, revenue au chevet de son patient qu'elle avait suivi presque chaque jour depuis plusieurs années, nous raconta, pour se disculper, qu'elle ne l'avait pas cru, qu'elle ne l'avait pas pris au sérieux parce qu'il disait et répétait depuis si longtemps qu'il ne voulait plus vivre, que ça ne semblait être que des paroles exprimant sa souffrance. Sa vigilance avait été endormie par une sorte d'habitude, par le fait que ce que Yoram disait chaque jour il le répétait depuis des années.

Puis le neurologue nous proposa de revenir dans un moment, ou bien le lendemain. « Repassez quand vous voudrez aux heures autorisées, mais il va falloir prendre une décision, car il semble peu probable, même impossible, que votre fils sorte de l'état végétatif. Les dommages sur son cerveau sont irréversibles. L'état du patient est critique et stationnaire. »

Nous nous rendîmes au pied des tours Azrieli, d'où Yoram était tombé, et Moskovitch prit des photos. Il constata simplement : « C'est ici que Yoram s'est suicidé. »

En fait, nous avions été manipulés. Notre accueil, les explications qu'on nous avait données avaient été soigneusement planifiées. Les médecins attendaient l'arrivée du « père du patient » pour le préparer à la décision de tout débrancher.

Une commission de dix experts allait se réunir pour donner son avis sur l'opportunité d'interrompre les soins. Élément important à leurs yeux, Yoram avait une carte de donneur d'organes. Dans l'imminence de sa mort, Moskovitch devait avaliser ou ne pas avaliser le « souhait » de son fils.

Le « donneur » est jeune. On ne parle plus désormais de Yoram, mais du donneur. Arrivent dix médecins qui prennent place autour du lit du futur donneur et nous prient de sortir dans le couloir. Ils vont procéder à une ultime évaluation de la situation. Une demi-heure plus tard, le neurologue revient seul, puis nous ouvre la porte de son bureau. Toutes les tentatives de sauver Yoram ont été vaines. Il est neurologiquement mort, même si son cœur bat grâce au dispositif. Même s'il respire grâce au dispositif.

« Vous êtes son père. Êtes-vous disposé à signer l'autorisation de prélever les organes sur le corps de votre fils pour sauver d'autres vies humaines ? »

Moskovitch, sans un mot, signe. La vieille Vera, qui fut incarcérée par les Anglais dans la prison de Saint-Jean d'Acre pendant la période du Mandat, et qui écrivit avec son sang des billets à son fiancé, également détenu dans la geôle britannique et condamné à mort, signe elle aussi l'autorisation de prélever, après avoir jeté un dernier coup d'œil à la carte de donneur, posée sur la table à titre de preuve.

Le neurologue nous invite à dire adieu à Yoram avant qu'on ne le conduise au bloc opératoire. Le temps presse. Des vies sont en danger.

Dans le couloir cohabitent le désordre oriental et une haute technicité. Nous voilà seuls, face à Yoram. Je constate qu'on a déjà retiré les moniteurs, excepté le respirateur. Le corps médical est poli, patient, tendu. On attend que nous sortions pour pousser à toute allure le chariot sur lequel repose Yoram, encore entier, vers le bloc opératoire. Les malades susceptibles de recevoir ses organes ont été préparés et des équipes de chirurgiens s'affairent dans leurs blocs respectifs.

Il est clair que pendant trois jours on a seulement passé le temps à nous préparer au renoncement et à l'acceptation de la précieuse signature.

Je quitte le box, laissant Moskovitch, totalement silencieux, à côté de son fils, déjà mort, mais respirant encore.

Les portes de verre du service des soins intensifs se referment hermétiquement derrière nous. Dès que nous aurons pénétré dans l'ascenseur, on évacuera le box.

Nous déambulons sous les *ficus macrophylla* aux larges feuilles brillantes et lisses, au tronc gris, à l'écorce ridée comme la peau des éléphants.

Anna, la cousine de Moskovitch, vient à notre rencontre et nous emmène à l'autre bout de la plage de Tel Aviv, dans l'ancien quartier de Neve Tsedek. Une sorte de village au bord de la mer. Rues calmes, maisons basses, jardins, galeries d'art, restaurants.

« Nous sommes vivants. Il faut manger », dit-elle.

Les obsèques, ou *Levaya*, ont lieu le lendemain à 14 heures au cimetière Yarkon, une immense nécropole dans la banlieue de Tel Aviv.

Devant la « maison mortuaire », une centaine de personnes attend le rabbin qui, apparaissant sur le seuil de l'édifice, y fait entrer Moskovitch, afin qu'il reconnaisse le cadavre de son fils, allongé sur un simple chariot, enveloppé selon la tradition juive dans un linceul en lin blanc, serré par des liens au niveau du cou, de la taille et des chevilles, et recouvert de son *talith*. Le chariot est poussé face à l'assistance par un homme de la *khevra kadisha* – la Sainte Confrérie –, qui assure cette mission comme cela se doit, bénévolement.

Le rabbin prononce l'hommage funèbre, et récite, avec Moskovitch, la prière du *Tsiddouq ha-Din* qui décrit Dieu comme le Juge juste dont les décrets sont irrévocables, puis le kaddish. Il se tourne alors vers lui, et lui demande s'il accepte qu'il coupe à l'aide d'un rasoir l'encolure de son t-shirt jusqu'au milieu de la poitrine, comme le veut la Loi juive.

Deux hommes de la *khevra kadisha* poussent le chariot qui cahote et grince sur les cailloux des allées. Nous marchons derrière Vera et sa seule fille encore en vie, car la mère de Yoram s'est suicidée dix ans plus tôt. C'est vers sa tombe que le cortège se dirige à présent. Elle est ouverte et la terre prélevée forme une pyramide sur le côté.

Les choses vont très vite. Après de nouvelles prières, les hommes en noir saisissent le corps complètement rigide, le présentent devant la fosse et ôtent le talith, qui vole un instant au-dessus du trou. Mais le corps refuse de glisser et semble se plier légèrement en deux. Sans s'émouvoir, en professionnels, les hommes s'emploient à le faire aller là où il doit aller. Encore une poussée, et il disparaît dans les profondeurs. J'entends un bruit mat, puis les premières pelletées de terre s'écrasent avec un affreux bruit sur le cadavre de Yoram.

Je sens soudain mes jambes molles se dérober sous moi. Un trou noir. Je m'affaisse sur la tombe voisine, celle du grand-père de Yoram, l'homme qui s'est évadé de la prison de Saint-Jean d'Acre, où les Anglais voulaient le pendre.

Vera me jette un regard froid et dit sèchement : « *Totsiou ota mipo !* » Autrement dit, « Sortez-la d'ici ! ».

Moskovitch avait tout perdu. La vie avait perdu son sens, son ordre. Le fils avait précédé son père dans la mort.

Yoram avait voulu s'éteindre, ainsi qu'il l'avait dit et répété. Il avait accompli ce qu'il avait estimé être la seule solution pour résoudre ses problèmes insolubles.

À 4 heures du matin, il était sorti de son lit, il avait quitté sa chambre pour ne plus jamais revenir et, avec la soif de la mort, il avait traversé la ville déserte en cette aube de shabbat. Arrivé au pied des tours Azrieli, trouvant les ascenseurs bloqués par respect du repos *shabbatique*, il réussit à atteindre, en empruntant un escalier, une terrasse située au cinquième étage, pour se jeter dans le vide. La police, alertée par un passant, l'avait trouvé sur le trottoir.

Yoram n'était pas seul, même s'il se sentait seul au monde. Il était devenu, avec le temps, d'une habileté inouïe. Il laissait les psychologues et les psychiatres qui se penchaient sur son cas dans la croyance que c'étaient eux qui décidaient, alors qu'il les mystifiait. Il parlait le « psychologue » et le « psychanalyste » mieux que tous les psychologues et psychanalystes de Tel Aviv. Il laissa sa psychologue et son psychiatre dans l'illusion naïve qu'ils maîtrisaient la situation, alors que c'était lui qui les bernait et qui avait pris la résolution d'en finir, après avoir tout essayé et avoir échoué partout.

Il avait dit et répété pendant quatre mois qu'il avait décidé d'en finir, mais on ne l'avait pas cru puisqu'il ne l'avait pas fait durant ces quatre mois. Depuis son adolescence, presque une fois par an et à des intervalles de plus en plus rapprochés à mesure que le temps passait, Yoram avait été hospitalisé dans divers services de psychiatrie juvénile, le plus souvent dans des conditions désastreuses. Et c'est à la suite de son dernier séjour dans un tel service de psychiatrie qu'il avait déclaré aux sommités auxquelles sa grand-mère l'avait confié que jamais il ne remettrait les pieds dans un service de psychiatrie quel qu'il fût, et qu'en cette occurrence, il préférait se suicider. « Que cela soit entendu », avait-il précisé.

Personne n'avait jugé bon de prévenir Moskovitch, le père de Yoram, que ce dernier s'était grièvement mutilé, et qu'à la suite de cette violence extrême exercée contre lui-même, il était hospitalisé dans un état de prostration et de désespoir profonds.

Ses troubles, que certains qualifiaient seulement de comportementaux, tandis que d'autres les interprétaient comme les prémices de la schizophrénie, s'étaient manifestés avant même son adolescence. Sa maladie était latente depuis qu'il était tout enfant. C'est du moins ce qu'ont dit et répété les spécialistes qui se sont penchés sur son cas et qui ont qualifié sa manière d'être au monde de « pathologique », sans toutefois jamais réussir à le cadrer avec leur pharmacopée, leurs bons conseils et leurs électrochocs.

Très intelligent, Yoram les avait mieux compris qu'ils ne l'avaient compris. Et, en quelques années d'expériences, désastreuses en tous points, il avait pénétré leur langage et le maîtrisait aussi bien, sinon mieux, qu'eux. Il les trompait donc autant qu'il le pouvait. Pour cela, je l'admirais et l'admire encore aujourd'hui.

Sa psychologue et son psychiatre réunis, avec leur science de la psychologie humaine, leur arrogance, leurs explications profuses, leur air entendu, leurs médicaments, leurs bons conseils, qu'ils distribuaient d'ailleurs à contrecœur, n'avaient même pas été capables de prendre au sérieux ce que Yoram leur disait le plus sérieusement du monde, à savoir qu'il souffrait de façon si intolérable qu'il allait se suicider.

À savoir qu'il avait pris la résolution d'en finir, et que ce n'étaient pas de vaines paroles, comme vaines étaient les paroles de ceux qui s'enrichissaient jour après jour avec la souffrance de leur patient aux abois.

Il se levait chaque jour sans espoir et se couchait chaque soir seul et sans espoir. Complètement désespéré et sans perspective aucune.

Avant que le jour se fût levé, il se réveilla brutalement. Il se leva, s'habilla à la hâte, ne fit aucun bruit pour ne pas réveiller sa grand-mère qui dormait et sortit de chez elle. Il courut à travers la ville silencieuse et déserte en ce matin de shabbat, cherchant un immeuble très haut et doté d'un ascenseur. Les immeubles de bureaux étaient fermés, les ascenseurs ne fonctionnaient pas. Il marchait dans la ville en se répétant « à quoi bon », et il sentit qu'en se donnant de l'élan il trouverait la force de mettre son projet de se tuer à exécution, afin de ne plus jamais se retrouver à Abarbanel, l'hôpital des fous de Tel Aviv. Chaque année, il passait des semaines, parfois des mois, dans ce lieu de misère et de désolation. Chaque fois qu'il sortait de cette capitale de l'effroi, il n'allait pas mieux qu'en y entrant. À ceci près que les médicaments lui ôtaient toute énergie, qu'il passait des journées à dormir pour se réveiller au milieu du jour sans but, seul, et ne sachant comment mettre fin à ce qui semblait vouloir ainsi durer, et durer encore. L'idée même de retourner à l'hôpital et de rester des semaines sans quitter sa chambre lui était devenue intolérable.

Peut-être s'était-il réveillé au sortir d'un rêve affreux, qui l'avait conduit à courir à l'autre bout de la ville pour en finir ce jour-là, plutôt qu'un autre.

Après l'avoir élevé en enfant Dieu, en le persuadant qu'il était un génie – un génie du jeu d'échecs, un génie du piano, un génie du jazz, un génie de l'informatique – sa parentèle l'avait tout simplement abandonné à cause de ce qu'elle considérait comme son incurable bizarrerie, son absence de réussite dans les domaines où on l'avait prédit génial, son inaptitude à mener une vie normale – en cela, je lui ressemblais et lui ressemble encore –, son incapacité à gagner de l'argent, à tenir en place, à ne pas changer d'idée à tout moment pour essayer, sans succès d'ailleurs, d'en sortir. Dans sa solitude, qu'il ne savait comment rompre, il s'était considéré comme potentiellement rayé du nombre des vivants, et en avait tiré les ultimes conséquences. Sa parentèle avait épuisé tous ses espoirs de le voir devenir un génie, après avoir soutenu toutes ses lubies, puis elle l'avait abandonné et lui avait signifié sa disgrâce définitive.

On lui avait acheté un studio dans une rue calme, ombragée de grands ficus, une rue chic. Mais, pour lui, c'était une façon de lui conseiller d'y rester parce qu'on ne voulait plus le voir, qu'il ne remplissait pas son rôle et avait ruiné tous les rêves de grandeur de ceux qui l'avaient littéralement kidnappé tout enfant. Leur espérance de voir leur investissement récompensé était réduite à zéro. On ne se faisait plus aucune illusion à son sujet, d'enfant supposé génial il était devenu un poids, une gêne. Et lui, de son côté, avait cessé de croire à ses capacités ; il n'avait aucune illusion sur ses chances de sortir de cet enfer.

Comme lui, tout enfant, je n'avais pas été loin de sombrer dans une sorte de bizarrerie, dans l'étrangeté au monde. Un état dont je prenais conscience lorsque le regard de mon père se posait sur moi, lorsqu'il prononçait la sentence fatidique : « Tu es un *shlemazel.* » Un état incurable, un état en soi et pour toujours. On dirait aujourd'hui un empoté, ou plutôt un *loser.*

Yoram s'était mis à bégayer quand il avait compris qu'on ne misait pas un kopek sur ses multiples capacités, qu'on n'envisageait pour lui aucune forme de réussite. N'ayant d'autre issue prévisible que l'hôpital psychiatrique, il avait résolu de prendre de vitesse médecins et psychologues. Ainsi, il leur témoigna le peu de considération qu'il avait pour leur méthode, le peu de confiance qu'il avait en eux, car, en fin de compte, la seule victime, c'était lui.

Les séjours à l'hôpital l'avaient complètement démoli, n'avaient en rien amélioré son état de révolte contre son père, sa famille maternelle, le monde entier et, finalement, contre lui-même. Malheureusement, il n'avait pu juguler la folie qui prenait possession de son esprit.

Quelle différence entre lui et moi ? Entre lui et les gens dits normaux ? Ceux qui ne sont pas tombés entre les mains des psychiatres et autres psychologues dominant plus ou moins bien leur propre folie ?

Lui a été englouti par le tsunami de sa démence. Il éprouvait pour son père un véritable sentiment de haine de tous les instants et nourrissait en même temps pour lui un amour violent de tous les instants, mais qu'à cause de la distance il ne pouvait lui manifester. Et quand parfois, rarement du reste, ils étaient réunis, la frustration de l'absence prenait le dessus et, par conséquent, la haine venait submerger l'émotion de l'amour. C'est ainsi qu'il ne put jamais dire à son père combien il l'aimait, tout en le haïssant sombrement.

Il avait cherché et n'avait jamais trouvé un véritable ami, ce qui avait contribué à la mauvaise image qu'il avait de lui-même, tant sur le plan psychologique que physique. C'est pourquoi il s'était mutilé dans la partie la plus intime de son corps. Il s'était puni d'être seul, toujours seul, jusqu'au bout, seul.

Quand les médecins l'autorisaient à rentrer chez lui, tout semblait aller mieux pendant quelques jours par le seul fait de ne plus être enfermé dans la maison des fous. Recouvrer la liberté lui donnait l'espoir que désormais tout rentrerait dans l'ordre et que, Dieu soit loué, il n'y retournerait jamais. Dans cette brève mais heureuse disposition, il téléphonait à Moskovitch pour lui parler de ses hypothétiques succès dans la maîtrise des programmes informatiques. Mais, à la vérité, ce sujet de conversation qui s'épuisait rapidement servait à masquer ce qu'il n'osait aborder avec son père, à savoir sa vie personnelle, s'imaginant que ce dernier ne supporterait pas ce qu'il brûlait de lui dire, qu'il ne lui disait pas, et qui ne l'aurait en rien surpris ni scandalisé ; à savoir, l'aveu de son homosexualité, assez solitaire, il est vrai. Même cela, il n'avait pu vraiment le réaliser. L'homosexualité dont il espérait tant, et qui l'avait déçu puisqu'il était resté seul entre des rencontres erratiques avec des partenaires trouvés sur Internet ou rencontrés dans une des nombreuses boîtes « homo » de Tel Aviv, la sodomite.

Et lorsque ses crises d'angoisse abyssales se sont succédé à des intervalles de plus en plus proches, il n'a rien dit à son père. Il ne l'a plus appelé du tout. Moskovitch en prit acte et supporta de ne pas le forcer à lui parler. Ainsi, ils ne se parlèrent plus sans connaître les raisons l'un de l'autre.

Quand il revenait chez lui, Yoram devait se familiariser avec le lieu qu'il avait quitté depuis plusieurs semaines ou plusieurs mois, supporter la présence de sa grand-mère et de sa tante, qu'il ne supportait déjà plus avant d'aller à l'hôpital. Leur dévouement, leurs sourires hypocrites et inquiets, leurs recommandations sur la meilleure manière de revenir à une vie normale, l'exaspéraient. Il avait rêvé de se retrouver chez lui, en famille et, à présent, il s'y sentait horriblement seul, incompris, ne songeant qu'à les fuir. Il lisait la peur sur leur visage. Ils avaient peur de lui. Et voilà que tout recommençait. Il leur hurlait qu'il les vomissait, eux, et leurs bons sentiments.

Oui, quand il rentrait, sa grand-mère lui parlait prudemment comme à un malade, à un fou dont on redoute les réactions imprévisibles. Cela lui faisait horreur. Il voulait qu'on lui parle comme à un homme normal. Mais elle ne croyait plus depuis longtemps à la possibilité de sa guérison et le considérait comme un malade, aussi bien à l'hôpital qu'à la maison.

« Prends tes médicaments », « As-tu pris tes médicaments ? », « N'oublie pas de prendre tes médicaments », et cætera. Il n'était plus qu'un récepteur de médicaments qui luttait pied à pied pour reprendre une partie du terrain perdu. Ce qu'on interprétait comme une de ses lubies. Encore une, disait-on.

Il composait des poèmes beaux et désespérés, des chansons. Il se filmait en train de les enregistrer en s'accompagnant à la guitare et parfois même au ukulélé. Sa voix était haute, genre contralto, nasillarde, plaintive. Moskovitch découvrit ces enregistrements plusieurs mois après sa mort. Il ignorait que Yoram publiait sur YouTube ses chansons et ses poèmes jusqu'au jour où, presque un an après sa mort, il reçut sur Facebook un message rédigé comme suit : « Connaissez-vous Yoram Moskovitch ? Voulez-vous être l'ami de Yoram Moskovitch ? »

On peut écouter ces enregistrements que Yoram jetait sur YouTube comme une bouteille à la mer. Aussi, avant de se suicider, il publia son dernier poème, *Wrong*, écrit dans un style rappelant fortement celui de l'Ecclésiaste, ou *Qohelet*. Il évoque le caractère futile de la brève existence humaine sous le soleil, face à la mort inéluctable. Une vie totalement dépourvue de sens, prête à s'évaporer dans l'oubli pour l'éternité. D'où, pour Yoram, l'impossibilité proclamée de continuer.

You ain't gonna live forever
And though you're acting as if you are
But you see it's going the wrong way
And we're all going to turn to dust
You ain't to see the morning
When the light is in the sky...

« Malheur à l'homme seul ! », écrit le *Qohelet*. Jusqu'au bout, Yoram avait été constamment agité, nerveux, le plus souvent atrocement triste et, parfois aussi, très momentanément plein d'espoir et si pressé de voir se réaliser ce qu'il entrevoyait, mais qu'il lui était impossible de maîtriser.

Toute sa vie, si brève, il avait été en proie à une mélancolie maladive, vivant dans sa petite enfance près d'une mère mélancolique, et le plus souvent aux prises avec des délires, des hallucinations. Quand elle n'avait pas la « révélation de Dieu », c'était là ses propres termes, elle découvrait en son for intérieur l'étoffe d'une grande artiste, et de même en son fils, dans lequel il lui arrivait de reconnaître le Messie en personne. Elle lui disait alors : « Mon fils, tu es le Messie ! » Alors, il avait fini par se demander sérieusement s'il n'était pas le Messie. « Suis-je le Messie ? » Messie ou pas, ses journées n'avaient pas le moindre intérêt. Et il n'est pas étonnant que souvent près de mettre fin à ses jours, il ait fini par quitter la vie par la fenêtre. Tout lui était devenu insupportable. Sa grand-mère, l'héroïne de Saint-Jean d'Acre qui écrivait des lettres avec son sang. Mais, par-dessus tout, il était à lui-même insupportable.

Il ne pouvait tout simplement plus continuer à survivre. Il pensait que c'était la solution évidente à cette réalité, qu'avait d'ailleurs choisie sa mère pour en finir, en absorbant ses IMAO (inhibiteur de monoamine oxydase) arrosés du contenu d'une grande bouteille de whisky.

Une fois sa mère enterrée, tout le monde l'avait abandonné. Il n'était pas le petit génie des échecs, de la musique, de l'informatique. Et il n'a pas rencontré son sauveur. Quelqu'un d'étranger à sa famille, de nouveau. Un homme qui l'aurait aimé. Il n'a pas rencontré fut-ce une personne qui aurait tant signifié pour lui. Il n'y a eu que la monotonie des jours et des nuits. Le désert. Voilà longtemps qu'il pensait mettre un terme à sa vie. Il ne savait pas exactement quand ni comment il mettrait son projet à exécution, tout en pensant en se levant et en se couchant que c'était inéluctable. En parcourant la ville blanche en tous sens, il en était venu à penser que s'il avait jamais le courage de se tuer, il se jetterait du haut d'une des nouvelles tours Azrieli, qui font la gloire de Tel Aviv. C'est ce qu'il fit à l'aube du 13 janvier 2011.

IV

1

Aussi loin que je puisse me reporter dans le passé, je n'ai pas satisfait ma mère. Je n'étais pas telle qu'elle m'attendait. Elle n'était probablement pas celle que j'attendais puisque tout en moi l'irritait, la dérangeait, et il en a été de même jusqu'à ce jour, bien qu'à ce jour elle ne soit plus en mesure de penser que je la dérange, que je l'irrite, que je la tourmente, que je la déçois. Elle est devenue une vieille petite Maman fragile, difforme, diaphane. Rien de son passé ne subsiste à l'extérieur. Elle ressemble à un insecte depuis que son thorax s'est affaissé, et que ses jambes maigres paraissent de ce fait trop longues, de même que ses pieds, qui étaient proportionnés à sa taille et qui paraissent à présent trop grands. Sa lourde chevelure bouclée s'est volatilisée, et l'on aperçoit son crâne entre des touffes peu fournies, mal coupées, mal teintes par la coiffeuse de la résidence Le Bonheur, où elle erre au milieu des fantômes bavant, criant, éructant, bredouillant d'ineptes litanies. Les « résidents », comme on les appelle, ont appelé leur ultime demeure – Le Bonheur – par antiphrase. Ma petite Maman ne s'offusque pas de ce qui paraît relever de l'humour le plus cruel, le plus noir. Elle ne s'offense pas parce qu'elle ne se souvient pas. Elle ne se souvient pas depuis combien de temps elle est ici, pourquoi elle est ici, qui l'a conduite ici. Mais elle est très triste et souvent insatisfaite de son sort en général. De moi en particulier. Quelque chose dans sa mémoire subsiste me concernant. Un sentiment d'inadéquation.

Chaque jour, Maman s'ennuie dans l'antichambre de la mort et s'étonne d'être encore en vie. Peut-il y avoir quelque chose de pire pour les résidents que la résidence Le Bonheur ? Pour ma petite Maman, il n'y a pas de salut. Elle sait qu'il n'y a pas d'autre possibilité que la fin. Nous le savons toutes les deux. C'est implicite. Trop tard, plus rien ne peut être réparé. Notre temps volatile s'évapore.

Pendant les années de notre vie commune, à Lyon, dans cette rue obscure du quartier de la Croix-Rousse, autrefois misérable, à présent rénové et chic, je la dérangeais, elle me dérangeait. Nous ne pouvions donc nous passer l'une de l'autre pour cette simple raison que je l'irritais et qu'elle me rendait folle.

Dans ma petite enfance, j'ai refusé de manger, je lui ai craché ma nourriture sur les pieds, ce qui la rendait folle aussi, jusqu'au jour où j'ai pu lui dire avec des mots qu'elle me terrorisait, et moi de même pour elle.

Je vais recommencer depuis le début, maintenant que la fin est proche. Au bout du compte, si elle lisait aujourd'hui ce que j'écris sur nous, si elle était encore capable de dire quoi que ce soit sur ce que j'ai écrit, elle dirait que tout cela n'est qu'un vaste mensonge. Dans ce qu'elle perçoit comme mensonge, il y a une grande part de vérité. Elle le sait bien puisqu'elle n'a cessé de me traiter de menteuse, de romancière. Peut-être a-t-elle décidé de ma vocation en me traitant à tout propos de romancière. Quand je lui racontais quelque chose qui m'était arrivé ou dont j'avais été le témoin, elle m'interrompait brusquement et disait : « Tu inventes, ce n'est pas possible, ce n'est pas vrai, foutaises, je ne crois pas un mot de ce que tu me dis, tu exagères tout et toujours, la sardine qui bouche le port de Marseille. *Bobkes !* » J'étais une spécialiste des *bobkes* – foutaises –, encore et toujours, foutaises. En aucun cas, elle serait convenue que du moins j'étais sincère, s'il est impossible de saisir l'entière vérité. Mais elle ne croyait pas non plus à ma sincérité, pas plus qu'elle ne croyait à ma capacité de dire la vérité. Ainsi, elle ne me crut pas lorsque je lui racontai, quelques minutes après l'incident, qu'un homme m'avait suivie depuis la porte du lycée jusqu'à notre couloir d'immeuble. Un homme très brun, que j'avais déjà remarqué plusieurs fois sur le trottoir en train d'observer les filles qui sortaient à l'heure du déjeuner. Il était entré derrière moi dans le couloir qui, on le sait, n'avait ni porte ni lumière, et m'avait plaquée contre les boîtes aux lettres, m'avait cogné la tête contre ces mêmes boîtes aux lettres et murmuré la phrase suivante : « Salope, je vais te juter dans la connasse », avant de desserrer son étreinte et de prendre la fuite. Je n'avais pas lâché mon cartable et j'avais monté les grandes marches de pierre jusqu'au troisième étage. J'avais sonné très fort à notre porte – Le Vêtement parisien. Confection pour dames, robes, manteaux, tailleurs –, les jambes flageolantes. Je voulus aussitôt raconter à ma mère qu'un homme brun, que j'avais souvent aperçu rodant autour du lycée, m'avait suivie jusqu'à notre couloir d'immeuble. Je n'aurais certainement pas osé lui rapporter ce qu'il m'avait murmuré à l'oreille, des mots que je n'avais jamais entendus auparavant, et dont j'avais saisi l'obscénité. Mais avant que j'aie achevé de lui relater toute l'affaire, l'exacte vérité, qui m'avait bouleversée, elle m'avait interrompue et déclaré d'une voix sans appel : « Mais qu'est-ce qu'elle ne va pas inventer ! N'importe quoi, *nekhtike teg*. Elle raconte n'importe quoi. Elle est dérangée. Tu es un cas désespéré, un cas sans espoir », a-t-elle conclu.

Quand je commençais, contre tout espoir, à vouloir lui raconter une chose anodine, elle m'interrompait brusquement, me claquait pour ainsi dire le beignet en me lançant : « Tu as trouvé ça toute seule ?! » Ou pire encore, si j'espérais être drôle : « C'est là qu'il faut rire ? »

Et quand, finalement, j'avais la stupidité de lui demander si elle m'aimait, le plus souvent, elle répondait : « Oublie-moi cinq minutes ! Tu me saoules ! »

Bien que j'aie quitté la rue Duviard pour toujours, je suis restée une habitante de la rue Duviard, qui n'était séparée de l'élégant boulevard de la Croix-Rousse que par la mairie et deux petits squares de part et d'autre. Sur le boulevard, de beaux immeubles, des maisons particulières cossues, des jardins. D'un côté, la prospérité, le chic, l'hygiène. De l'autre, la désolation, la crasse, les cafés sordides où les ivrognes passaient leurs jours et une partie de la nuit. D'un côté, une pâtisserie, ses moulures et ses dorures, ses choux à la crème, ses religieuses, ses éclairs au chocolat et au café, ses fruits confits, ses marrons glacés, ses truffes au chocolat. De l'autre, Fayette, le négociant en gros rouge qui tache, où les ivrognes venaient remplir leurs bouteilles à même les cuves énormes qui touchaient le plafond. D'un côté, les immeubles sans portes, sans fenêtres palières, sans électricité, d'un côté, les rats, les latrines sans chasse d'eau qui débordaient à tous les étages. De l'autre, les lourdes portes sculptées et leurs heurtoirs en bronze. D'un côté, les salles de bains, les water-closets. De l'autre, des éviers grossiers en pierre, la puanteur qui montait des cours jonchées d'ordures et des crottes de chats et chiens errants.

Ma petite Maman ne lira pas ce que j'ai écrit sur elle parce qu'elle ne peut plus lire, qu'elle ne comprend pas toujours ce qu'on lui dit, mais se souvient d'une chose. Qu'elle a, dans les jours de son enfance et de sa jeunesse, cruellement manqué d'argent et qu'elle a lutté âprement pour en gagner. Mais, bizarrement, quelque chose lui dit que je ne suis pas étrangère à son malheur. Elle marche à petits pas le long des couloirs de la résidence en se cramponnant à la rampe et raconte qu'elle va acheter du jambon pour ses petites filles, mais qu'elle n'a plus d'argent dans son porte-monnaie parce que sa fille aînée lui a tout pris, lui a dérobé tout son argent. Ses petites filles vont mourir de faim. Ses petites filles, vieilles à présent, sont assises en face d'elle dans sa chambre où elle se lamente :

– Où sont mes petites filles qui ne viennent jamais me voir ? Voilà quatre mois que je ne les ai pas vues.

– Mais je suis là, Maman, lui dis-je. Me vois-tu ?

– Oui, je te vois. Mais les petites, où sont-elles parties ?

Ma petite Maman, qui coule toujours plus profond par le fond, n'a pas tort, en un sens, de se demander où sont passées ses petites filles. Elles se sont évaporées avec sa vie, dont elle ne se souvient que de très peu de chose. Surtout les pires. Vendre de la confection pour dames après avoir été arrachée à son lycée, où elle excellait, pour être admise à l'École normale d'instituteurs. Elle était boursière. Soudain, elle ne fut plus qu'une adolescente juive plongeant dans la clandestinité, la peur, vivant dans une arrière-boutique sordide, rue Coste, Lyon Croix-Rousse, puis échappant de justesse à la déportation et à l'extermination en franchissant clandestinement la frontière suisse. À Lyon, avant la fuite en Suisse, ayant réalisé l'exploit d'obtenir de la police une carte d'identité française, alors qu'elle ne l'était pas, elle vécut dans cette pièce sans électricité, sans eau courante, sans gaz, où elle passa sa nuit de noces avec l'homme que son père lui avait choisi dans la crainte constante d'être arrêtée par la milice et les hommes de Klaus Barbie qui grouillaient dans la ville. Elle avait consenti à épouser en pleine guerre un homme qu'elle n'avait pas choisi, et qu'elle n'aurait pas choisi.

C'est du moins ce qu'elle a dit et répété après que mon père fût mort très jeune sur une route du Luberon. Il l'avait lancée dans la confection à leur retour des camps de réfugiés. Ils vivaient dans un taudis de la rue Richan : une chambre, un recoin pour ce qu'on appelait la cuisine, le charbonnier et l'atelier. Des machines à coudre, la table de coupe, les mannequins, les pièces de tissu, la presse, les lits pour dormir. Tout cela entassé dans le même espace exigu. Ma petite Maman lavait les couches de ma sœur, cousait des boutons, vérifiait la marchandise sur le mannequin, se désolait qu'elle fût si peu conforme à ce qu'elle espérait, à son genre d'élégance, en un mot, si mal coupée. Elle enveloppait chaque pièce dans du papier de soie, la posait délicatement dans de grands cartons pouvant en contenir six. Elle soulevait ces énormes boîtes, les ficelait. Elle avait un art particulier, une habileté incroyable, pour fermer solidement un énorme carton avec un peloton de ficelle de chanvre qui blessait les doigts, en le déroulant et, en suivant les impulsions qu'elle lui donnait, le tournant et le retournant, elle obtenait en quelques minutes un quadrillage solide et parfait.

2

Ma petite Maman torpillait tous mes coups. Elle n'hésitait pas à écrire à l'épouse du mari volage qui me courtisait. Détournement de mineure. L'homme qui voulait certes profiter de mon innocence, avec ma complicité, perdit son divorce. Elle m'enferma, ou tenta de le faire. Pensa à me confier entre les mains d'un juge pour enfants. Nous étions inséparables, ma petite Maman et moi. Quand elle n'était pas là, je fouillais fébrilement son armoire à linge à la recherche d'indices confirmant ce que j'entendais la nuit derrière sa porte close, depuis que mon père s'était tué au volant de sa voiture neuve, nous laissant pour tout patrimoine ses vêtements ensanglantés et une valise en carton pleine de manuscrits et de journaux yiddish qui publiaient sa prose et ses poèmes.

L'éblouissement de mes premières amours, de mes premiers émois sensuels, la découverte tant attendue du corps de l'homme, elle les traînait sur la place publique, me ridiculisait, m'anéantissait, me faisant toucher le fond du malheur et rêver à la vengeance. Elle transformait l'éblouissement de l'amour, la découverte du corps de l'homme, le vertige des sensations en une bouffonnerie. Aucun sens du sacré, que je vivais dans la sensualité.

Ma petite Maman fouillait mon bureau. Elle avait découvert le cahier dans lequel je tenais mon journal. À mon retour du lycée, elle l'avait un jour brandi triomphalement, l'avait ouvert et, avec le manque de tact qui lui était propre, commencé à le lire à haute voix. Elle hurlait, furieuse : « Voilà ce qu'elle écrit sur sa mère ! Elle colle ses lettres d'amour des morveux qui la tripotent dans son journal ! Mon amour ! Mon amour ! Mon amour ! », criait-elle, comme une folle. La lueur du meurtre dut s'allumer dans mes yeux.

Nul doute que ma petite Maman et moi, nous nous haïssions jusqu'à l'extrême danger de nous jeter l'une sur l'autre, jusqu'au fait d'en venir aux mains et, pourquoi pas, de nous entretuer.

Cela dit, pendant des décennies, je lui ai téléphoné chaque jour et, pendant des décennies, j'ai raccroché les larmes aux yeux, la rage au ventre. Il ressortait de nos conversations quotidiennes que je n'étais pas normale, normale comme elle, comme tout le monde. Elle me reléguait définitivement dans une anormalité telle que je ne pourrais jamais être admise dans le monde. Je rêvais de lui échapper et de quitter pour toujours la ville où nous avions vécu. Ce n'était pas sa faute si elle était devenue méchante, la guerre et son père avaient détruit ses projets. J'étais une part de cet échec. Le témoin vivant de cette contrainte à laquelle elle avait cédé en fille soumise dans la tourmente de l'Occupation et des lois raciales françaises.

Si je reviens une fois encore sur ma petite Maman, c'est qu'en nous étant parlé tous les jours pendant plus de trente ans, nous n'avons pas épuisé le sujet. Quand venait le moment de la séparation, se profilait devant moi une véritable catastrophe. Compte tenu du fait qu'aujourd'hui elle ne peut plus parler du tout, notre conversation est à jamais interrompue, volatilisée dans le cosmos.

Mais je suis allée trop vite. Quand Maman eut relégué le monde de son mari dans la catégorie du deuil et de la vindicte jamais apaisée, la vie de mon père fit au contraire irruption dans la mienne. J'évoquais un geste, une expression formulée en yiddish, parce qu'elle correspondait à quelque chose qui n'existerait plus jamais. Je ferme les yeux un instant et je le revois, tandis que ma petite Maman a relégué le monde de son mariage dans les combles les plus reculés de sa mémoire.

À la place de l'homme à qui elle n'avait pas pardonné d'être ce qu'il était se substitua, et pour trente ans, Albert. Il arrivait le vendredi soir de Tarare, un lieu oublié de Dieu. Une ville tout droit sortie d'un roman de Zola. Albert était rarement seul le vendredi soir. Le plus souvent, il débarquait accompagné de ses copains. Quatre analphabètes bruyants et demeurés : le Bazane, le Farouk, le Minet, le Coco Biscuit. Ils piétinaient le parquet vitrifié de ma petite Maman en attendant qu'Albert ouvrît le meuble plaqué palissandre qui abritait la TSF et ce qu'on appelait alors un pick-up, puis posait sur la platine un « trente centimètres » ou une pile de quarante-cinq tours. Élargissant notablement ma culture prolétarienne, je passai des chœurs de l'armée Rouge à « Fais-moi du couscous chérie », « Bambino », « Dis, t'as vu Monte-Carlo ? » / *Non j'ai vu monter personne-eu !* Ils envahissaient ce que Maman appelait pompeusement le « salon-salle à manger », qui avait autrefois été l'atelier. Plus de table de coupe, de presse, de machines *plateuses* et *surgeteuses*. Pour danser à l'aise et profaner le parquet vernis, Albert et ses potes poussaient la grande table recouverte d'une guipure et d'une plaque de verre. Les papiers peints étaient parme, les doubles rideaux violets, les abat-jour aussi. C'était d'un kitsch ! Mais nous ne le savions pas.

Jusque tard dans la soirée, réfugiée dans ma chambre, je subissais Marino Marini, les Bad Boys : « Wha-wha-wha-wha ! Wha-wha-wha ! » Les Platters – « Only You ». Ils disaient « ONIYOU ».

Elle dansait à présent la rumba, ma petite Maman aux cheveux noirs, qui s'était fait teindre en blonde, comme dans la chanson d'Édith Piaf : « J'irais jusqu'au bout du monde / Je me ferais teindre en blonde / Si tu me le demandais / On peut bien rire de moi / Je ferais n'importe quoi / Si tu me le demandais ! / Je me fous du monde entier ! / Mon amour puisque tu m'ai-ai-meu ! »

Oublié le temps de l'immuable promenade dominicale nécrophile et des glaïeuls au cimetière de la Mouche, derrière les voies ferrées. Fini le théâtre des Célestins, les succès des tournées Herbert-Karsenty. Sur la côte d'Azur, avec Albert, elle passa des petites locations miteuses de l'avenue Georges-Clemenceau à « Rocamare », sur la Croisette, un immeuble de béton récemment sorti de terre, dont les balcons donnaient sur la plage du Midi. Le *boyfriend* de ma petite Maman était jeune et plutôt fortuné, eu égard à nos conditions d'existence. Il transforma notre *standing*. Il nous emmenait passer les fins de semaine dans des hôtels de luxe dans les monts du Beaujolais. Nous pénétrâmes pour la première fois dans un manoir fraîchement restauré et poussâmes, ma sœur et moi, des cris d'extase lorsque nous découvrîmes notre chambre, et surtout la salle de bains. Jamais, je n'avais supposé l'existence d'un bidet avec jet ascendant. Nous y passâmes à tour de rôle des minutes exquises. Ces séjours de fin de semaine, des voyages en Camargue avaient miraculeusement guéri ma petite Maman de sa passion pour la classe ouvrière, les conquêtes de la démocratie populaire et Joseph Staline. Sans parler du clown Popov et des ours patineurs du Grand Cirque de Moscou.

Notre alimentation aussi changea. Albert, le Minet, le Bazane, le Farouk, le Coco Biscuit élevaient chaque année un cochon chez un paysan. Nous croulions sous le jambon, le saucisson, la rosette, le boudin, le lard, les tripoux, les côtelettes. Apparurent aussi sur notre table les moules, animal proscrit par la Loi juive, et que nous ne mangions pas, non par attachement aux traditions, mais par ignorance. Il y eut bien sûr le vin, sur lequel Albert était intarissable. Il consacrait une grande partie de son temps libre, hormis la fête des Mousselines et celle des Conscrits, à écumer les caves des viticulteurs. Dans le sous-sol de la maison néo-provençalo-mexicaine qu'il construisit avec ma petite Maman, il installa une cave à vin, un billard, un juke-box et la boîte de nuit, comme je l'ai dit.

L'été, nous arrivions sur la Croisette à bord de la nouvelle voiture décapotable rouge de ma petite Maman. Cheveux au vent, elle s'écriait : « BOOB, c'est sansass ! » Nous n'allâmes plus jamais sur les plages publiques. Albert louait des matelas chez Yvette Midi Plage. Nous prîmes la mer sur un Chris Craft. Je fis quelques essais lamentables sur un cours de tennis, où je commençais à courir quand la balle roulait déjà à terre. Quant à ma capacité de trouver mon équilibre sur une paire de skis ou d'enfourcher un remonte-pente – nous allâmes à Courchevel et à Megève – n'en parlons plus. Seule consolation, les chevaux m'aimaient, je leur rendais la pareille. Avec eux, rien de grave jamais n'arriva.

Haim Sloves, Albert Youdine, Mordechaï Litvine, Moshé Schulstein, Khil Aronson, Efraïm Kaganowski, les poètes yiddish, critiques littéraires et historiens de l'art, amis de mon père, disparurent de notre constellation. Moshé Schulstein, rescapé de la Shoah qui écrivit des poèmes sur les chaussures des Juifs assassinés dans les camps de la mort.

Nous sommes les chaussures. Nous sommes les derniers témoins
Nous sommes les chaussures des petits-enfants et des grands-parents
De Prague, de Paris et d'Amsterdam
Parce que nous sommes fabriquées en cuir
Et non pas de sang et de chair
Chacune de nous a évité le feu de l'enfer.

Quand ils avaient bien bu, Albert et le Farouk montaient chacun sur une chaise et chantaient « Catherinette a les pieds petitons », tandis que le Bazane, le Biquet et le Coco

Biscuit entonnaient le refrain « Les pieds petitons la faridondaine, les pieds petitons la faridondon ». J'épargne au lecteur la suite délectable : le mollet bien fait, le genou tout rond, les nichons pendants, le nez tout morveux, le petit cuicui de la Catherinette. Et quand il était gai en voiture, il était toujours gai en voiture : « C'est le gros-t-éléphant du désert-eu / Qu'a la peau tellement tendue / Que quand il ferme les paupières / Ça lui ouvr' le trou du cul. »

Ma petite Maman hurlait de rire et s'écriait « Oh ! BOOB ! » d'une voix enfantine. Il lui offrait des couples d'amoureux de Peynet en mousse de latex, enlacés sous un dôme de verre, comme autrefois les couronnes de mariée qui trônaient sur les cheminées de marbre des chambres à coucher. En fin de semaine, il lui envoyait des brassées de roses accompagnées de poèmes sagement rédigés d'une écriture régulière, bien formée, comme dans un cahier d'écolier.

Aux chœurs de l'armée Rouge, ma petite Maman substitua à longueur de journée Gloria Lasso : « Bon voyage, bon voyage / Ta tendresse pour moi garde-la / Tu peux faire une croix-a-a ! / J'ai fini de t'aimer / Bon voyage et ne reviens jamais ! » Elle qui nous avait cassé les pieds avec l'opium du peuple, la classe ouvrière, *Le Capital*, les complots de la CIA, Youri Gagarine, l'inéluctable félicité universelle promise par le Petit père des peuples, s'était subitement entichée de Gloria Lasso qui non seulement sanctifiait la misère mais espérait la voir se perpétuer : « Quelques pois chiches, une galette avec de l'eau / Leur existence est si jolie / On t'en rend grâce Ave Maria / Et que Dieu fasse la même vie / À leurs muchachos / Ave Maria ! »

Il fallait que notre séparation s'accomplît. Je devins fugueuse. Je courais à ma ruine. Peut-être aurais-je dû aller chaque jour en classe mais, soudain, j'avais senti une aversion mortelle pour tout ce qui faisait ma vie, y compris Albert, y compris le lycée. J'étais perdue. Je revois devant mes yeux ce jour où, au lieu d'entrer par la grande porte du lycée, j'avais pris la direction opposée en sentant mes jambes se dérober sous moi, et la tête me tourner. J'entrai dans un café. Mon premier instant de liberté fut un saut dans l'abîme. Cinq minutes avant, je pensais encore au devoir de philosophie qui me donnait du fil à retordre, à tout le retard que j'avais pris dans mon travail.

Dans la folie que je partageais avec ma petite Maman, je lui avais envoyé dans les semaines qui suivirent les événements de mai 1968 des lettres enflammées dans lesquelles je l'enjoignais de céder gracieusement son entreprise Marie-Louise à ses employées. Cette boutique de la rue Nationale, qu'elle avait mis plusieurs années à payer en rachetant le bail à sa propriétaire qui ne voulait en aucun cas, absolument pas, au grand jamais, vendre son fonds de commerce à un Juif. Ma petite Maman n'avait pas spécialement le type, comme on dit. Elle répétait : « Je l'ai bien eue ; elle ne voulait pas vendre à un Juif ! Elle m'avait avertie : "Ils sont partout. Y en a déjà assez, n'est-ce pas ?" » En ce qui concerne mes conseils, elle opposa sagement une fin de non recevoir et pas de commentaires. Elle vit dans mes injonctions à se démunir de tout une preuve supplémentaire de ma démence. Ce n'était pas faux.

3

Finalement, ma petite Maman eut l'idée de m'éloigner de son regard. Pendant quelques mois, j'eus le privilège d'habiter sous le même toit que son père, ce Juif furibond (*a meshouguener, a baïzer yid*), si indulgent avec moi. Mais je fus bientôt contrainte de rentrer rue Duviard, entre toutes les rues honnie, lorsque Maman s'aperçut qu'après quelques jours de désespoir, durant lesquelles j'avais cru toucher le fond, j'avais pris goût à la liberté, au fait de réaliser tout ce que je n'étais pas censée mener à bien et, principalement, m'approcher des hommes. Le grand mystère, les hommes. Le moment où enfin un homme me toucherait. Ce fut alors la guerre totale entre ma petite Maman et moi. Quand je sortais de la maison, je dévalais les escaliers dont je n'oublierai jamais la puanteur, je me ruais vers le boulevard de la Croix-Rousse, comme si il y était allé de ma vie.

En liberté, je m'aperçus bientôt que j'avais des lacunes béantes et que je n'avais pas la moindre idée sur la manière de les combler. Je voulais mener une vie radicalement différente de celle que j'avais endurée jusqu'au jour où j'avais refusé l'avenir brillant qui m'attendait – avocat-médecin-professeur – mais je ne savais pas où me tourner. Errant du côté du petit théâtre crasseux, proche de la place Bellecour, j'allais m'asseoir dans la salle enfumée du café de perdition, sur la place Antonin Poncet. Je lisais Blaise Cendrars et Antonin Artaud ; c'en était fini d'Ostrovski, Korolenko, adieu *Le Donbass*, *Les Drapeaux sur les tours*, *Et l'Acier fut trempé*. Oubliée la lecture obligée des romans industriels à la gloire du Guide suprême. Maman n'avait lu ni Blaise Cendrars ni Antonin Artaud. Elle ne voulait pas en entendre parler. Elle mettait tout dans le même sac. Mon goût immodéré en ce temps-là pour le jazz et l'émission nocturne de Frank Ténot et Daniel Filipacchi. « De la musique de sauvages. » Je courais sans trop savoir où j'allais, mais le plus loin possible de la rue Duviard. Cette décision de tout abandonner fut-elle ma perte ou mon salut ?

Si mon père ne s'était pas tué au volant de sa 403 toute neuve et pas encore payée, que serais-je devenue ? Sous sa férule, jamais je n'aurais eu l'audace de me libérer. On m'aurait peut-être mariée à un jeune homme sérieux et responsable. Je serais devenue professeur-avocat-dentiste-médecin, sous la contrainte. J'aurais été obligée d'accomplir le destin inachevé de mon père, qui n'avait pas eu le droit de mettre les pieds dans une école, qui avait travaillé dès l'âge de dix ans pour une tranche de pain par jour, qui était un autodidacte et désirait par conséquent que je fusse instruite. En aucun cas, autodidacte, comme lui.

Hors de la vue de ma petite Maman, libre enfin, libérée de nos empoignades hystériques, je vivais néanmoins dans la crainte et le désespoir.

Le théâtre était l'activité qui me semblait la plus profonde de mes inclinations. Et naturellement, comme je l'ai dit, j'allais traîner du côté du petit théâtre de la rue des Marronniers, du côté de Villeurbanne, avec sa salle des fêtes édifiée au-dessus de la piscine municipale et son eau de Javel, ou encore au café où les acteurs finissaient la soirée dans une nappe de fumée qui s'élevait de leurs cigarettes. Je ne pensais qu'à une chose : passer ma vie au théâtre, dans les loges, les ateliers de décors, dans les coulisses, dans la salle de répétition. Comme je n'avais rien dont je pus me vanter, je fis la caissière et l'ouvreuse. Il me semblait que, d'une manière ou d'une autre, j'étais sur la voie qui me conduirait vers la scène. Je fus convaincue de la réalité de ma vie d'artiste en puissance, mais dès que ma petite Maman se rendit compte que je pouvais finalement vivre loin d'elle, si ce n'est sans elle, dès qu'elle sut que je rencontrais des gens pour lesquels elle n'avait aucune considération, elle voulut me récupérer. Or, je ne voulais pas. En aucun cas. Je rentrais nuitamment chez mon grand-père et je rencontrais des hommes, je me laissais enfin approcher par des hommes. Ce que j'avais attendu dans une tension extrême.

Ayant pris la mesure de mon refus de réintégrer le maternel logis, Maman vint en mon absence ramasser toutes mes affaires chez son père, y compris mes vêtements. Et c'est sans mon paquetage et la rage au ventre que je rentrai rue Duviard. Mais bien qu'assignée pour ainsi dire à résidence, j'avais pris la décision irrévocable de tout apprendre du théâtre. Je croyais ce choix définitif et cette décision me faisait supporter, avec toute la mauvaise humeur possible, l'obligation de résider sous le même toit que ma petite Maman jusqu'à ma majorité. Pas plus qu'elle ne pouvait me supporter, je ne pouvais la supporter. Pendant les quelques jours où elle réussit à me garder enfermée, pour passer le temps, je me mis à écouter de la musique. Et c'est ainsi qu'un soir elle me trouva assise sous la table du salon en train d'écouter les concertos brandebourgeois avec comme seule source de lumière une bougie fichée sur une soucoupe. Elle avait atrocement peur de la folie. Il y avait des fous chez nous, son jeune frère notamment, qui n'en sortit que dans son cercueil. Elle prit mon goût pour Jean-Sébastien Bach, associé à la flamme d'une bougie, comme une marque indubitable de ma démence. Je crois bien qu'elle fut sur le point d'appeler Police-Secours. *Ganz meshougue !* Complètement folle ! On l'entendait hurler et moi assurer le contrepoint jusqu'au bout de la rue Duviard.

Elle évoqua la menace de me confier entre les mains d'un juge pour enfants. C'était pour me faire peur, et j'eus peur. C'était l'enfer. Ma sœur vivait avec nous dans la tourmente. On pouvait entendre nos duos à l'autre bout de la rue, où pourtant les ivrognes chantaient à tue-tête dans les trois bistrots toujours pleins. Le théâtre me sauvait de la démence. Mais Maman refusait cela aussi, en un mot toutes mes ambitions artistiques nouvellement proclamées et nouvellement dérisoires et risibles. Je m'étais autoproclamée artiste, et c'était pour le moins grotesque. « Insensé, tout simplement insensé ! » Cependant rien ne put me détourner de mon engouement pour le théâtre. Les sarcasmes au contraire me déterminèrent à continuer à me diriger dans la direction radicalement opposée à ses vœux.

4

Ma petite Maman est aujourd'hui une vieille petite Maman, et aussi bien elle que moi savons qu'elle n'en a plus pour longtemps. Lorsque je lui rends visite à la résidence Le Bonheur, nous sentons le temps nous échapper. Il y a longtemps déjà que j'ai renoncé à lui déplaire, il y a longtemps déjà qu'elle a renoncé à faire le bilan désastreux de ma vie. Quand elle traverse une période de lucidité, elle dit en riant : « Entre nous deux, c'était horrible ! Une horreur ! Tu étais abominable. Tu n'as fait que ce que tu as voulu, et tu vois où tu en es. » De son côté, elle s'était certainement imaginé une autre vie que celle qu'elle a *nolens volens* vécue, et aurait méritée sans nul doute. Elle n'avait finalement pas pu décider de l'essentiel pour elle-même, principalement à cause de la guerre et de l'extermination des Juifs. Elle s'en était tirée vivante, contrairement au reste de sa famille, mais avait dû fuir, se cacher, et finalement épouser un homme qui l'avait mise au travail à vendre des manteaux mal coupés par ses soins. Et, dans cette vie qu'elle n'avait pas choisie, elle avait fait de son mieux de toutes ses forces et de ses talents qui n'étaient pas négligeables. Elle avait connu quelques années de prospérité. Maintenant que ses forces l'ont désertée, qu'une partie de son alacrité a disparu avec de grands pans de sa mémoire, elle passe ses dernières années allongée sur son lit, dans une petite chambre de la résidence Le Bonheur, au bord d'une route départementale, entre un supermarché et une station-service. Non loin d'elle, dans le couloir, ça sent la soupe et le désinfectant, on distribue des « protections » aux incontinents, on lui parle avec cette condescendance bienveillante et pressée, comme il sied aux gens qui n'en ont plus pour longtemps. Elle ne sait pas depuis combien de temps elle est arrivée à la résidence Le Bonheur. Elle dit parfois : « Il faut que je fasse ma valise pour rentrer chez moi. » Mais de chez elle, il n'y a plus. Il n'y aura jamais plus.

Nous parlons souvent du passé. Des années que nous avons passées ensemble rue Duviard, où nous avons vécu dans un état de guerre civile.

Je ne suis pas certaine que lorsqu'elle dit se faire du « souci pour ses petites filles », elle pense qu'il s'agit des mêmes personnes que nous sommes devenues ma sœur et moi aujourd'hui. Elle pose et repose la question d'une autre manière : « La petite Dinah est-elle chez sa mère ? »

Les souvenirs les plus anciens sont les plus cohérents, quoique dans le désordre, hors de la chronologie. Ils surgissent brusquement, comme un îlot volcanique en plein océan. Et dans ce magma d'images, l'immeuble du numéro 1, rue Duviard tient une place privilégiée parce qu'il est en quelque sorte la preuve évidente que nous en sommes sorties. Un des aspects les plus répugnants de cet empilement de taudis était, après les toilettes à la turque sans chasse d'eau, la boucherie, exploitée par le propriétaire de l'édifice, dont de grands pans de crépi tombaient sur des étais, des madriers et des planches. Dès 4 heures du matin, nous entendions le boucher s'affairer et donner des coups sourds sur les carcasses de viande sanguinolente, que des livreurs portant de longs manteaux blancs avec capuche, également sanguinolents, extrayaient de camions puant la charogne. Le sol de la boucherie était couvert de sciure se transformant en pâte noirâtre au fil de la journée. Au fond de la boucherie, entre les quartiers de bœuf pendus à des crocs, j'apercevais la bouchère, assise derrière sa caisse monumentale, où l'on se présentait avec sa note comme devant une sorte de divinité grasse et blonde. L'odeur du sang se mêlait dans l'escalier ouvert à tout vent à celle des latrines qui débordaient. Je voulais m'arracher furieusement à tout cela. Ce que ne comprenait pas ma petite Maman, c'est qu'en me perdant, je me trouvais. En me perdant, je me sauvais.

Ainsi, je restais des heures à la terrasse du Caveau, une cigarette blonde avec filtre au bout des doigts, des Pall Mall, que je laissais se consumer sans les fumer. Depuis la terrasse, je pouvais voir ce qui se passait à l'intérieur du café, et sur la place, une vaste esplanade qui s'étendait face à la grande poste jusqu'au quai du Rhône. J'avais l'impression de me préparer à quelque chose d'important, dont je ne connaissais pas la nature. Mais je l'ai déjà dit, j'étais curieuse et attendais que quelque chose d'inouï – bon ou mauvais – advînt.

En espérant une inspiration qui ne venait pas, une impulsion qui tardait à venir, j'observais les habitués du café, en lisant *Le Monde*. C'est précisément à la terrasse du Caveau que j'ai commencé à lire du début à la fin ce journal, qu'on pouvait acheter dès 16 heures. Rien ne désolait plus ma petite Maman que les heures que je perdais à lire *Le Monde* à la terrasse du Caveau. Rien ne l'attristait plus de savoir que jamais je ne réaliserai les plans qu'elle avait conçus pour moi.

Maman est donc entrée il y a trois ans à la résidence Le Bonheur, en réalité une maison de la mort. Elle a quitté son appartement cossu, d'où elle contemplait la colline de Fourvière depuis la terrasse de sa cuisine, et les quais du Rhône, depuis celle de son salon. C'était une fin en soi, ces deux terrasses, la ville illuminée devant ses yeux pendant des années, comme si cela ne devait pas finir. Et ça a précisément pris fin. Elle a dû quitter ce refuge où elle espérait achever sa vie pour une chambre, semblable à toutes les chambres de la résidence Le Bonheur, hébergeant un être promis à une mort très proche, et bientôt remplacé par un autre. Bien qu'elle ait perdu de grands pans de sa mémoire, et surtout la chronologie, Maman trouve le temps long, et sait qu'elle ne sortira pas vivante de cette chambre mortuaire, comme elle se plaît à la nommer. On lui propose des occupations comme à un petit enfant. On l'invite à des jeux navrants, que l'on n'oserait pas proposer à des petits enfants. La résidence Le Bonheur est un lieu de puanteur, de détresse effrayant, un concert de glapissements, de hurlements inhumains, de coassements, qui se font entendre dès qu'on franchit la double porte de verre, qui s'ouvre en composant un code. Celles qui dansaient sur les places le 14 juillet sont assises, édentées, jambes ouvertes, hébétées, la bave aux lèvres sur des chaises roulantes. Celle qu'on entend le plus, celle dont la voix joue la partie soliste de cet orchestre de la décrépitude, crie sans fin : « Madame ! Madame ! Madame ! Madame ! J'm'embête... » Dans la salle à manger, un grand gaillard de 30 ans gratouille sa guitare mal accordée en chantant les succès de Mireille Mathieu et de Luis Mariano. Ces jeux terrifiants de bêtise sont considérés à la résidence Le Bonheur comme la réponse adaptée aux glapissements, aux claquements de langue, aux cris de terreur et aux sanglots. On fête les anniversaires. Le nom des pensionnaires dont c'est le jour de l'anniversaire est affiché dans l'ascenseur. Ainsi, avec plus de cent vieillards, c'est la joie de vivre presque tous les jours. « Et que l'an fini, nous soyons tous réunis ! »

Ma petite Maman, qui se faisait autrefois bronzer seins nus sur le bord de sa piscine, se jette sur les bananes, comme une affamée, avec les quelques dents qui lui restent. Progressivement, un grand trou noir peuple son sourire. Elle a tout perdu.

Quand je lui rends visite, je traverse le hall en essayant de ne pas voir les pensionnaires cloués sur leurs fauteuils roulants. Une voix se fait entendre en moi : « Non, pas moi ! Non, pas moi ! Pas moi. Je ne suis pas des leurs. » C'est dans cet état que je monte au premier étage où se trouve Maman, sachant que dans une heure, deux au plus tard, je sortirai, et elle, pas. Lorsque je pousse la porte et me trouve face à Maman, le plus souvent allongée sur son lit, je ne puis faire montre d'hypocrisie, pourtant souhaitable, une hypocrisie qui relèverait de la pure compassion. Incapable de raconter la moindre fadaise. Elle est fine mouche et ne me croirait pas. Quand je me rends dans ce palais de la vieillesse, de la déchéance et de la mort, pour monter au premier étage, après avoir traversé le hall, je ne pense qu'à une seule chose : je vais bientôt sortir. Le portail télécommandé depuis ma voiture, glissera sur son rail. Je serai libre.

Maman pose inlassablement la même question : « Où sont passées me petites filles ? » Je lui réponds qu'elles sont vieilles, et que je suis là.

– Mais les petites ? dit-elle encore.

Maman ne sait pas toujours qui je suis.

– Tu es laquelle, demande-t-elle, hésitant entre moi et ma sœur cadette de trois ans.

Et d'ajouter :

– Je n'ai pas vu mes petites filles depuis quatre mois. Mais, dis-moi, est-ce que tu sais où habitent mes filles ? Ça fait combien de temps que je suis là ?

– Voilà presque trois ans que tu es arrivée.

– Dès que les médecins estimeront que je suis guérie, je rentrerai chez moi. La semaine prochaine, j'irai récupérer mes affaires dans mon appartement.

– Mais tu l'as vendu.
– Alors, où sont mes affaires ?
Maman est devenue une petite chose frêle et rabougrie. S'il lui reste encore quelques touffes de cheveux, les sourcils et les lèvres ont pratiquement disparu. Ses yeux globuleux roulent parfois dans leurs orbites sans rien regarder de précis. Puis elle contemple ses petits doigts squelettiques, ses ongles qu'autrefois elle soignait méticuleusement. Elle s'endort brusquement pendant quelques minutes, son visage se crispe, devient rouge comme celui d'un nouveau-né. Elle se réveille soudain et cherche quelque chose dans sa bouche ou dans ses narines.

Pendant la Seconde Guerre mondiale, quand elle était une toute jeune fille réfugiée dans un camp des hautes montagnes suisses, financé par l'American Jewish Committee, c'est-à-dire les Juifs américains, j'étais très proche de la mort, à l'hôpital cantonal de Lausanne. Les autorités du camp ne permettaient pas à ma mère d'être à mes côtés. On lui accordait une permission quand les médecins jugeaient la situation désespérée. Pendant un an, il s'était formé, entre la plèvre et le poumon, un liquide jaunâtre qui s'écoulait dans un drain dont le contenu échouait dans un bocal. J'avais six mois lorsque je suis entrée en salle d'opération, en pleine nuit. Un an durant, j'ai survécu avec un cathéter entre les côtes. Un gros trou subsiste aujourd'hui encore entre mes côtes. Mlle Blanche Sterki, la diaconesse qui avait sauvé ma vie par ses prières et ses soins, disait que j'avais décidé de vivre et que ses prières n'étaient que la médiation vers Dieu de cette demande de sursis indéterminé. Il y eut aussi le concours des Américains débarqués en Sicile, et remontés jusqu'à Rome, qui apportèrent, outre le chocolat, les bas de nylon, du *corned-beef* et du rouge à lèvres, les miraculeux sulfamides.

Ainsi, pensais-je, tandis que je me tenais dans la chambre de ma petite Maman, assise face au lit, observant que son univers s'était réduit à ces quatre murs, à ce lit, à cette chaise roulante et à un poste de télévision qu'elle n'ouvrait plus.

Dire que peu de temps avant d'échouer en ambulance à la résidence Le Bonheur, elle s'était acheté un véritable grand lit, doté d'un matelas ergonomique, d'une tête de lit et de deux espèces de petites tables de chevet assez laides.

Au bout d'une heure, j'éprouve un irrépressible besoin de quitter ce lieu que je considère comme l'enfer, dans lequel je l'abandonne. Je le sais lorsque je pénètre dans ce lieu de la mort, mais je ne le veux pas. Je me désole et me demande si je ne préfère pas l'insignifiance. Les aides-soignantes reçoivent des instructions précises sur le comportement à observer vis-à-vis des « personnes âgées ». Elles arborent un sourire mécanique en toutes circonstances et disent d'une voix faussement bienveillante : « Voici votre plateau-repas, voilà vos médicaments, voilà votre crème protéinée, voilà vos protections, voici votre infusion, n'oubliez pas de vous réhydrater. » Elles se dépêchent de sortir pour accomplir le même rite dans la chambre voisine. Elles réapparaissent deux heures plus tard. « Nous allons faire la toilette, passer la chemise de nuit », et repoussent poliment les doigts décharnés qui s'accrochent à leur blouse. Elles érigent un mur de bonnes manières entre elles et les « vieilles personnes ». Sans cela, elles iraient aussi par le fond.

5

Afin d'échapper à l'obsession de ma petite Maman, je suis allée un nombre incalculable de fois parler de ma petite Maman à Mme Weber. Combien de fois ai-je parlé de ma mère à Mme Weber, qui finissait par s'endormir parce que ce que je préférais était la répétition fervente, encore et toujours : ma petite Maman et le choc frontal qu'avaient été nos relations violentes et chaotiques. Mais, tout compte fait, à bien y regarder, n'ai-je pas parlé pendant dix ans de ma petite Maman à l'excellente Mme Weber dans le seul but de ne pas parler de mon père ? Était-il finalement plus facile de ressasser sans fin la guerre entre ma mère et moi, plutôt que de prononcer, ne fut-ce qu'une fois, le mot père ? Quand furtivement l'idée traversait mon esprit, lorsque je me trouvais assise en face d'elle dans son bureau, les larmes me montaient aux yeux, je ressentais de violents spasmes au niveau du diaphragme, je tremblais, les sanglots étaient imminents. Alors, dans un ultime effort pour me contrôler, ne pas me répandre, je tirais le rideau. Ainsi, pendant dix ans, je suis allée parler exclusivement de ma petite

Maman pour ne pas parler tout aussi exclusivement de mon père et du vide qu'il a laissé en moi le jour de sa disparition. Évoquer sans relâche la guerre civile entre Maman et moi était finalement moins dangereux que d'évoquer, même brièvement, mon père. Le mot « père » et le mot « papa » étaient imprononçables.

Aurais-je dû aller consulter le docteur Bastiaans à Leyde, en Hollande, afin de me faire injecter une dose de LSD pour extirper de force la « noire doqqaqssuleur », le trou noir, la matière noire de ma personne, qui en constitue sans nul doute sa dimension essentielle ? Pendant dix ans, j'avais refusé d'abandonner le contrôle de mon psychisme par crainte de la folie. Le docteur Jan Bastiaans avait tenté d'extirper par la médiation du LSD, lors de « transes contrôlées », la noire douleur de Yehiel De-Nur (né Yehiel Feiner) signant ses livres sous le nom de Ka-Tzetnik. Rescapé du camp d'Auschwitz-Birkenau, il avait le matricule n° 135633 tatoué sur son bras. Cet homme élégant, porteur d'une chemise et d'un costume blancs, s'effondra à la barre des témoins, face au procureur Gideon Hausner, lors du procès d'Adolf Eichmann à Jérusalem, tandis qu'il tentait de lui expliquer ce qu'était « la planète Auschwitz-Birkenau, où le temps n'était pas le même qu'ailleurs, dont les habitants n'avaient pas d'enfants... dont le nom était un numéro... ». L'ayant écouté quelques minutes, Gideon Hausner, s'en tenant à des points factuels, voulut lui poser des questions précises, conduisant Feiner à répondre de manière parcellaire, sélective. Empêché de transmettre l'irreprésentable, il s'évanouit dans son box, au pied du micro.

De la folie, je n'étais pas si loin. Pendant dix ans, je n'ai pas cessé de parler de Maman, envahie par un sentiment de terreur de laisser passer quelque chose, la plus petite fut-elle sur mon père, car je me serais désintégrée face aux questions de Mme Weber. Mon père est mort, il n'est pas monté au ciel sur un chariot de feu. Il est mort bêtement, banalement, sur une route ensoleillée du Luberon, bordée de platanes. Il est mort écrasé, broyé par un semi-remorque qu'il n'avait pas su éviter, exécrable conducteur qu'il avait été du premier jour où il avait pris le volant, jusqu'à ce jour de sa mort. Son permis, il l'avait quasiment extorqué à l'examinateur en lui proposant de lui couper un manteau en pure laine vierge peignée, tissée et commercialisée par l'Union lainière, rue des Capucins à Lyon, quartier des Terreaux. Dans les années de l'immédiat après-guerre, l'achat d'un manteau constituait une dépense considérable. L'examinateur indulgent avait autorisé mon père, éternel distrait, distrait entre les distraits, à devenir un danger public. Il avait donc été un épouvantable chauffeur du premier jour jusqu'au jour de sa mort, le 31 août à midi. *A nekhtike toug*, un jour nocturne, comme je dis en yiddish pour évoquer cette catastrophe.

La bonne, l'excellente Mme Weber, pas dupe, c'était son métier, ne pouvait pas ne pas avoir compris avec quelle ardeur je faisais tout pour ne jamais-jamais-jamais parler de mon père. Jamais-jamais-jamais, elle ne me demanda : « Et votre père ? Vous ne me dites rien au sujet de votre père ? »

Nul doute qu'elle attendait que je renonce à cette ultime défense, mais je n'ai pas renoncé. Craignant la dislocation de mon esprit et de mon âme, craignant d'entrer dans une région obscure dont on ne revient pas. Mme Weber savait sur moi bien des choses, plus que moi, l'intéressée, sur moi-même, mais elle ne me poussa pas dans mes ultimes retranchements. Je ne prononçai pas une fois le mot « papa » qui était sans cesse sur mes lèvres en sa présence. Et nul doute qu'elle entendait ce mot qui irradiait toute ma personne, assise en face d'elle. Toujours au bord des larmes et prête à les essuyer. Le dernier jour d'août 1957, j'ai été foudroyée vers midi. Un éclair m'a frappée. Sur la plage, tout est devenu noir en plein midi et, à la vérité, je ne suis jamais sortie de ce cauchemar. Mais il y a une autre évidence qui se fit jour. Je réalisai que j'étais libre de me perdre pour me trouver et même, pour ainsi dire, prendre sa place dans sa maison, quelle que fut l'ampleur de mon désespoir. J'échappais à la domination de ma mère qui m'avait fait suivre une route tortueuse, obscure, jalonnée d'abîmes, où j'ai failli tomber et où, plusieurs fois, je suis tout bonnement tombée.

La mort de mon père, si atroce qu'elle ait été pour moi, si dévastatrices les conséquences qu'elle avait eues sur ma vie, fut néanmoins une cruelle libération. Contre lui, je ne me serais pas révoltée. J'aurais si bien réussi ma vie qu'elle aurait été un échec sur toute la ligne. Mais la liberté que j'avais arrachée à ma mère, en dépit de ses menaces et imprécations, ne ressemblait en rien à ce que j'avais imaginé. J'étais seule avec ce que mon père m'avait légué. Ses manuscrits, la langue yiddish, ses vêtements auxquels j'avais soustrait deux chemises et une paire de gants en daim gris. Tout le reste avait été expédié dans de grands cartons à Buenos Aires, où son frère Israël avait émigré, après avoir passé deux ans dans le camp libéré de Bergen-Belsen, devenu camp de personnes déplacées, en attente d'un visa. Seule l'Argentine avait finalement accepté ce survivant des camps du *HASAG-Hugo Schneider Aktiengesellschaft Metallwaren Fabrik* à Skarzysko-Kamienna et Częstochowa, où les esclaves juifs fabriquaient des mines antipersonnel, des munitions testées sur les prisonniers les plus faibles, et finalement, les Panzerfaust de l'ultime offensive nazie dans Berlin, agonisant sous le feu des Katiouchas de l'armée Rouge.

Pendant près d'une année, je dormis avec l'une des deux chemises de mon père, que j'avais conservées. Vêtue de la chemise à carreaux, je faisais des cauchemars. Le jour venu, j'étais capable de refouler toute pensée relative au monde de la nuit. Plus encore que les nuits, le crépuscule et l'aube étaient dangereux. Je me figurais la journée qui m'attendait avec une précision effrayante. Je me levais avec un goût de cendres dans la bouche. Je me représentais son absence jusqu'à la fin de ma vie.

La montre, la chevalière de mon père restèrent longtemps sur la table de chevet d'une des chambres de la villa provençalo-mexicaine de ma petite Maman. Mais, un jour, une amie à qui j'avais accordé l'hospitalité embarqua le tout, puis disparut à jamais. Maman poussa de grands cris. Je ne savais pas choisir mes fréquentations, et j'avais introduit une voleuse dans sa maison. J'avais pleuré. Elle avait mille fois raison. Elle était la bonne maman et, moi, la mauvaise fille. Nous étions inséparables.

J'avais commencé mon existence en tant que double de Moshé, son père. Quand, lors de ma naissance, mon père, après m'avoir observée, avait déclaré sombrement : « Elle crie comme Moshé », j'étais déjà foutue. Moshé, son beau-père, un homme robuste, portant beau, tombeur des femmes de ses amis, communiste comme pas deux, grand lecteur de Spinoza et de Karl Marx, exerçant sur ses compagnes successives et son fils Samuel une violence qu'il assouvissait après avoir sorti sa ceinture et frappé. Ça se faisait beaucoup chez les Juifs polonais. Après avoir posé sa ceinture, il lui arrivait de casser un archet sur les épaules du même Samuel. Mais la musique n'apaisait pas ses pulsions. Il connaissait par cœur les symphonies de Beethoven qu'il chantait quand il était de bonne humeur. Cela arrivait parfois.

Il avait donc une forte voix, ou, comme on dit, un bel organe, et gueulait généralement du matin au soir dans son logis. Au contraire, quand il était en société, il se montrait d'une civilité, d'une politesse, d'une courtoisie jamais démenties. À peine avais-je donc poussé mes premiers cris que mon père avait jeté sur moi un regard sans appel : « Moshé, le tyran. » Et ainsi m'a-t-on appelée le plus souvent pour me rappeler à l'ordre : « Tais-toi, Moshé, obéis, Moshé, va te coucher, Moshé, tu nous casses les pieds, Moshé », et cætera.

Ainsi procéda-t-on avec l'épouvantable enfant qu'on me disait être. Plus tard, Maman me disait, alors qu'elle s'était brouillée avec Moshé pour une peccadille et qu'il l'avait chassée de chez lui en hurlant et en désignant la porte d'un doigt impérieux : « Il t'aime, toi, parce que tu lui ressembles. Tu es comme lui. Aussi méchante que lui. Tu es comme mon père. Tu es la pire de toutes. »

Elle m'aimait certainement, mais quelque chose qu'elle ignorait s'opposait à son amour pour moi. Elle ne le manifestait que par des comportements contradictoires tantôt aimants, tantôt haineux, tantôt les deux à la fois.

Ses reproches s'adressaient sans doute aussi bien à moi qu'à mon père. Et peut-être, tout compte fait, à elle-même. Car, longtemps, elle m'avait raconté avec beaucoup de précision dans quelles circonstances j'étais tombée malade une nuit dans le camp de Moudon, comment j'avais sans doute pris froid au cours d'un transfert entre deux camps, dans un train non chauffé.

Mais, un jour, tard dans sa vieillesse, alors que nous avions renoncé à nous combattre, elle m'avait soudain dit la vérité. Cette vérité qui l'avait fait se sentir coupable, bien qu'à la vérité elle ne le fût pas. De fait, elle avait obtenu une permission pour aller rendre visite à mon père en observation dans un hôpital pour une suspicion de tuberculose, après qu'il eut travaillé à l'abattage des arbres en haute montagne. Les Suisses estimaient que les Juifs, parcimonieusement accueillis sur leur territoire, devaient travailler ; ils estimaient également normal de les priver de liberté et de séparer les couples. Les hommes devaient travailler, alors qu'ils étaient souvent en mauvaise santé parce qu'ils avaient souffert de la faim. Les médecins, comme je l'ai dit, suspectaient une tuberculose. C'est du moins ce qu'on peut lire dans les archives que les autorités suisses m'ont transmises, sur ma demande. Ma petite Maman ignorait tout de la gravité de la maladie de mon père. Elle est donc partie avec son bébé de six mois dans les bras. Elle a pénétré dans la salle commune, pleine de poitrinaires gravement atteints, sans qu'aucun médecin, aucune infirmière, ne l'ait mise en garde, ou tout simplement empêchée d'entrer avec l'enfant.

J'avais donc été contaminée et le lendemain, déjà, je gisais inerte dans mon berceau, avec quarante de fièvre. On sait le reste. Je survécus grâce à Mlle Blanche Sterki, cette sainte diaconesse, qui trouvait naturel de sauver des enfants juifs.

Fallait-il que Maman se sentît coupable d'un crime qu'elle n'avait pas commis pour me raconter pendant des décennies une histoire fausse de bout en bout, et de m'en vouloir de me mentir, par-dessus le marché ?

Pour toute réponse, dans ma petite enfance, je lui ai opposé une solide anorexie, le refus obstiné de manger la nourriture qu'elle préparait pour moi, à base de tout ce que je détestais le plus au monde, le lait à la Floraline, le lait au tapioca, le lait à la semoule. Le lait, le lait, le lait. Me voir refuser de manger la plongeait dans une angoisse extrême qui virait assez rapidement à la fureur. Et il est aussi arrivé, quand mon obstination résistait à ses cris, à une fessée, qu'elle ne sut plus, comme son père, contrôler sa violence, quand elle me fit avaler de force à la cuillère mon vomi, qu'elle ramassa par terre et qu'elle enfourna dans ma bouche en hurlant : « AVALE ! AVALE ! AVALE ! » En me foutant une torgnole, puis en me jetant dans le noir sur le palier, pour faire bonne mesure.

Je crois encore que ma mère m'a aimée en me haïssant et que je l'ai haïe en l'aimant. Mais plus tard, notre passion s'est éteinte. Il n'y avait plus ni haine ni violence qui étaient frappées d'interdit, seulement une immense tristesse.

6

J'avais couru me jeter dans les bras des théâtreux comme Maman dans ceux des communistes. Elle n'avait rien contre le théâtre. Elle y allait souvent du temps de sa vie avec mon père, qui aimait autant les pièces franchouillardes de Marcel Achard que les drames édifiants d'Arthur Miller. Ils avaient pris le train pour aller voir jouer à Paris Simone Signoret et Yves Montand dans *Les Sorcières de Salem*. Ils en revinrent bouleversés, exaltés. C'est l'époque où les époux Rosenberg, accusés d'espionnage atomique au profit de l'URSS, attendaient leur exécution sur la chaise électrique dans la prison de Sing Sing. La chasse aux sorcières recommençait, disaient-ils. Et j'avais peur, après les camps d'extermination, dont on ne m'épargnait rien, de la chasse aux sorcières et de la chaise électrique. *Old Sparky*.

Quand j'examine les images qui se présentent à ma mémoire, sur lesquelles je les vois jusqu'au bout complices, enlacés, il me semble que contrairement à ce que m'a raconté ma mère au sujet de sa vie avec mon père, tout n'était pas aussi désastreux qu'elle l'a laissé entendre. Elle disait que la naissance de ma sœur l'avait dissuadée d'envisager le divorce. À bien y regarder, dans sa cosmologie, j'étais la réincarnation de son despote de père, et ma sœur le fruit de ses amours subies avec un homme qu'elle envisageait de quitter.

Mon père passait une partie de ses nuits à écrire des nouvelles, des poèmes, des articles pour les revues et la presse yiddish. Et même pour cela, ma mère qui, comme on disait alors, avait de l'instruction, avait peu d'estime. Elle disait que, comparé au français, le yiddish ne valait rien du tout. Elle avait lu les auteurs classiques et jugeait absurde de persister à écrire dans une langue dont les locuteurs avaient été rayés de l'histoire des hommes dans les chambres à gaz de l'anéantissement. De son côté, mon père s'obstinait à faire revivre une parcelle de ce monde englouti, naguère effervescent et pensant la modernité au sein d'une société archaïque. Elle disait avec un ton de supériorité que le mieux qu'il avait à faire était de prendre des leçons de français pour changer son fusil d'épaule.

« Tu perds ton temps », lui disait-elle cruellement. « Tu écris pour quelques dizaines de personnes. De toute façon, la littérature yiddish ne saurait se comparer aux lettres françaises. Le yiddish, c'est du folklore », se plaisait-elle encore à ajouter pour enfoncer le clou.

Elle préférait de loin les chantres du réalisme socialiste et m'en faisait bouffer, autant que la Floraline au lait, le tapioca au lait, la semoule au lait. « Mon père lit la philosophie allemande dans le texte original », affirmait-elle sur un ton de pédanterie provinciale. Elle ignorait que la première traduction d'un texte de Sigmund Freud dans une langue étrangère avait paru en yiddish. Ses classiques français bien aimés avaient été traduits en yiddish peu de temps après leur parution.

Mon père, dans son for intérieur, était encore à Szydłowiec, où il était né et avait passé les sombres années de son enfance et de sa jeunesse, alors que Maman parlait le *Hochdeutsch* sans accent, précisait-elle. Oui, sans aucun accent. Le monde mort, mon père le portait en lui. Jour après jour, Maman s'éloignait du berceau des origines et nous encourageait en quelque sorte à éviter de nous singulariser. Ne pas se singulariser, tel était le conseil qu'elle me prodiguait. Quand les choses tournaient mal pour moi, c'était, selon ses propres termes, parce que j'avais voulu me singulariser.

Au lycée, dès les premiers jours, je n'ai fait partie d'aucun groupe spécifique du fait que je ne figurais pas sur la photo, prise dans la cour de récréation, des élèves de la classe de sixième portant leur robe de première communiante. Dire que je les enviais est peu de chose ! Et, de fait, le professeur de mathématiques m'avait publiquement demandé pourquoi elle ne me trouvait pas sur cette photo, si importante. En m'invitant à me singulariser, elle espérait communiquer ses « sentiments » à toutes celles qui, sur leur chaise, en furent pour leurs frais. Je ne répondis rien.

J'étais néanmoins marginalisée, encore plus marginalisée après le constat de mon absence sur la photographie des communiantes qu'auparavant.

Pire encore, endoctrinée par ma fondamentaliste petite Maman, je me lançai dans la propagande de tout ce qui venait de la patrie du communisme. Je me mis notamment à vanter les effets miraculeux du « sérum du docteur Alexandre Bogomoletz » – « le sérum de jeunesse éternelle antiréticulaire cytotoxique » –, dont j'avais vu le portrait et lu les exploits dans le magazine *France-URSS*. Les quatre syllabes « BO-GO-MO-LETZ » étaient, dans mon palais, aussi voluptueuses que celles « LO-LI-TA », psalmodiées par le professeur Humbert Humbert de Vladimir Nabokov. Prononcer les mots « le-sérum-du-docteur-Bogomoletz » me plongeait dans un état proche de l'extase, tandis que les petites communiantes, dévorant dans la cour de récréation leur pain au lait de 10 heures, me dévisageaient, non sans raison, avec une curiosité mêlée d'effroi.

7

Avais-je oublié ma mère lorsqu'elle vint me chercher à l'hôpital cantonal de Lausanne, où je venais de passer un peu plus d'une année ? Qui préférais-je alors ? Mlle Blanche Sterki, la diaconesse qui avait sauvé ma vie, m'avait soignée, aimée, et que je venais de perdre à jamais, après avoir cru perdre ma mère pour toujours ? Mon père et ma mère choisirent de s'enfuir clandestinement des camps suisses, dès que la France fût libérée. Ils étaient polonais, la France ne les réclamerait pas, et il y avait une bonne chance pour qu'on les invitât à aller s'établir dans la Pologne dont ils étaient originaires, et théâtre principal de l'extermination des Juifs. Ils étaient entrés clandestinement en Suisse, et ils en sortirent trois ans plus tard, tout aussi clandestinement. Sans leurs papiers d'identité qui étaient restés entre les mains des autorités suisses, avec les vêtements qu'ils avaient sur le dos, en suivant à pied toute la nuit, dans la haute montagne, la voie du chemin de fer, ils arrivèrent à Chamonix dans la matinée.

Et, maintenant, je sais que je vais perdre Maman pour toujours. Ce toujours ne sera pas une simple métaphore. Le fragment de vie qui fut la sienne est en train de s'achever.

Depuis que ma petite Maman n'est plus que l'ombre d'elle-même, depuis qu'elle passe la fin de ses jours dans une chambre de la résidence Le Bonheur, je n'ai avec elle plus les mêmes rapports qu'autrefois. J'ai peur, je la sais dans le collimateur de la mort. C'est la peur de la peur. Est-ce cela, la peur de la contagion ? Est-ce la terreur d'être à mon tour marquée du sceau de la mort non pas lointaine, indéterminée, mais proche, imminente ?

On veut s'éloigner de la mort comme si c'était possible.

Dinah, ma sœur, est meilleure que moi, elle s'approche de la mort et accomplit, non sans un sentiment d'horreur, des tâches rebutantes. Elle se confronte à la mort avec noblesse et, moi, je fuis la mort de façon lamentable.

Où est ma petite Maman qui se faisait bronzer seins nus au bord de sa piscine, le sommet du luxe ? Où est celle qui passa du *guefilte fisch* aux platées de cochonnailles et de moules frites ? Horreurs bannies par la Thora, qu'elle cuisinait chaque fin de semaine, avec enthousiasme pour le Bazane, le Minet, le Biquet, le Farouk, le Coco Biscuit ?

Cherchant le bonheur pour toute l'humanité d'abord, elle s'était jetée dans les bras de Staline, son *Petit père des peuples*, et ne tolérait aucune objection. Koestler et son *Zéro et l'infini* était une vipère lubrique aux ordres de la CIA, Kravtchenko, un imposteur stipendié par l'Amérique. Déçue finalement de ne voir point arriver les *lendemains qui chantent*, elle s'était contentée d'amours ordinaires avec un gros moustachu, bedonnant et débonnaire. Dans ses bras, elle avait trouvé une variante du bonheur cinématographique en technicolor. Teinte en blonde – il aimait ça – elle l'accompagnait au banquet des Conscrits, à la fête des Mousselines, au rallye des vieilles voitures avec le même zèle que lorsqu'elle se rendait, en robe du soir et au bras de mon père, au bal annuel de l'Union des Juifs pour la résistance et l'entraide dans les salons Berriet-Millet, place Bellecour.

Elle a presque tout oublié de l'homme qu'elle épousa pendant les rafles de 1942 pour obéir à son père, tout oublié du président du Comité des fêtes de Tarare qui lui succéda et de ses copains : le Bazane, le Farouk, le Minet, le Biquet, le Coco Biscuit. Tout oublié de ses rares amours. Y compris le dernier, Abraham, un Juif, rescapé de Lublin et des kolkhozes soviétiques qui, au lendemain de la guerre, acheta à prix d'or sa place dans le wagon d'un train pour fuir la Pologne, où les nazis avaient enterré sa mère vivante avec son nouveau-né.

Ma petite Maman a intégralement brûlé sa correspondance afin que, après elle, rien qu'elle n'ait pas choisi ne subsistât.

9 août 2013

Du même auteur

Comment va Rachel ?
Denoël, 1973

Le Resquise
Denoël, 1975

Rue de nuit
Julliard, 1977

L'Homme rouge des Tuileries
Julliard, 1979

Le Marida
Julliard, 1982
et « Points », n° 798

Le Bal des puces
Julliard, 1985

La Soie et les Cendres
Payot, 1989
et « Folio », n° 2287

Dans la plus stricte intimité
L'Olivier, 1992
et « Points », n° 509

Les Aventures de Proprette et Schmoutziker
L'École des loisirs, 1993

Schmoutziker gagne le gros lot
L'École des loisirs, 1994

Primo Levi ou la Tragédie d'un optimiste
Lattès, 1996
et Le Livre de poche, n° 14515

Sa majesté la mort
Seuil, 1999

Romain Gary, le caméléon
Denoël, 2004
et « Folio », n° 4415

Vie et mort de Samuel Rozowski
Denoël, 2007

Romain Gary, l'enchanteur
Textuel, 2010

Vassili Grossman, un écrivain de combat
Seuil, 2012

RÉALISATION : IGS-CP À L'ISLE-D'ESPAGNAC (16)
IMPRESSION : CPI FIRMIN-DIDOT À MESNIL-SUR-L'ESTRÉE
DÉPÔT LÉGAL : JANVIER 2014. N° 114228 (120211)
– Imprimé en France –